D0950552

Bernhard Schlink

Le liseur

Traduit de l'allemand
par Bernard Lortholary

Gallimard

Titre original :

DER VORLESER

© *Diogenes Verlag AG Zürich, 1995.*
© *Éditions Gallimard, 1996, pour la traduction française.*

Bernhard Schlink, né en 1944, partage son temps entre Bonn et Berlin. Il exerce la profession de juge. Il est l'auteur de plusieurs romans policiers couronnés de grands prix.

PREMIÈRE PARTIE

1

À quinze ans, j'ai eu la jaunisse. La maladie débuta en automne et se termina au printemps. Plus l'année finissante devenait froide et sombre, plus j'étais faible. C'est seulement avec l'année nouvelle que je remontai la pente. Janvier fut tiède, et ma mère installa mon lit sur le balcon. Je voyais le ciel, le soleil, les nuages, et j'entendais les enfants jouer dans la cour. Par un début de soirée de février, j'entendis chanter un merle.

Ma première sortie, de la rue des Fleurs où nous habitions au deuxième étage d'un gros immeuble datant du début du siècle, fut pour aller dans la rue de la Gare. C'est là qu'un matin d'octobre, en rentrant du lycée, j'avais été pris de vomissements. Cela faisait plusieurs jours que je me sentais faible, plus faible que je ne l'avais jamais été encore de ma vie. Chaque pas me coûtait. Quand je montais des escaliers, à la maison ou au lycée, mes jambes me portaient à peine. Je n'arrivais pas non plus à manger. Même lorsque je me mettais à table en ayant faim, les aliments me dégoûtaient tout de suite. Le matin, je me réveillais la bouche sèche, avec l'impression que dans mon ventre les organes pesaient et n'étaient pas à leur place. J'avais honte d'être aussi faible. J'eus encore plus honte de vomir. Cela ne m'était encore jamais arrivé non plus. Ma bouche se remplit, j'essayai d'avaler, je serrai les lèvres et plaquai ma main sur ma bouche, mais ça jaillit et passa entre mes doigts. Alors, prenant appui sur le mur d'un immeuble, je regardai le vomi à mes pieds, en rendant des glaires liquides.

La femme qui vint à mon aide le fit presque brutalement. Elle me prit par le bras et m'emmena, par une entrée sombre, dans une cour intérieure. En hauteur, d'une fenêtre à l'autre, du linge pendait à des cordes. Des piles de bois étaient entreposées dans la cour ; par la porte béante d'un atelier, une scie hurlait et des copeaux volaient. Près de la porte par laquelle nous étions passés, il y avait un robinet. La femme l'ouvrit, rinça d'abord ma main, puis, prenant l'eau dans le creux de ses mains, m'aspergea la figure. Je m'essuyai avec mon mouchoir.

« Prends l'autre ! » Deux seaux étaient posés près du robinet, elle en prit un et le remplit. Je pris et remplis l'autre, et je retraversai l'entrée derrière elle. D'un grand geste, elle jeta l'eau sur le trottoir, le flot entraîna le vomi dans le caniveau. Elle me prit des mains l'autre seau et acheva de rincer le trottoir à grande eau.

Elle se redressa et vit que je pleurais. « Garçon, dit-elle tout étonnée, garçon ! » Elle me serra dans ses bras. J'étais à peine plus grand qu'elle, je sentis ses seins contre ma poitrine, sentis ma mauvaise haleine et l'odeur de sa sueur fraîche, et je ne sus que faire de mes bras. Je cessai de pleurer.

Elle me demanda où j'habitais, alla poser les seaux dans l'entrée et me raccompagna, portant mon cartable d'une main et me tenant le bras de l'autre. Ce n'est pas loin, de la rue de la Gare à la rue des Fleurs. Elle marchait vite, et d'une façon si décidée que je la suivis sans hésiter. Devant notre immeuble, elle me quitta.

Ma mère fit venir le médecin le jour même, il diagnostiqua une jaunisse. Un jour, je parlai de cette femme à ma mère. Je ne crois pas, sinon, que je serais retourné la voir. Mais ma mère estima qu'il allait de soi que, dès que je pourrais, j'achèterais un bouquet de fleurs sur mon argent de poche, et que j'irais me présenter et dire merci. C'est ainsi que, fin février, je me rendis dans la rue de la Gare.

2

L'immeuble de la rue de la Gare n'existe plus. J'ignore quand et pourquoi il a été démoli. J'ai passé de nombreuses années sans revenir dans ma ville natale. L'immeuble neuf construit dans les années soixante-dix ou quatre-vingt a cinq étages et un penthouse, il n'a ni balcons ni bow-windows, il est lisse et crépi en clair. Les nombreuses sonnettes annoncent de nombreux studios. Des studios où l'on emménage et que l'on quitte comme on prend et laisse une voiture de location. Au rez-de-chaussée, on voit pour le moment un magasin d'ordinateurs ; auparavant, il y a eu une droguerie en libre-service, une supérette et un loueur de cassettes.

L'ancien immeuble avait la même hauteur, mais seulement quatre étages. Un rez-de-chaussée en gros blocs de grès taillés en pointes de diamant, et trois étages en briques avec les encadrements de fenêtres en grès, ainsi que les balcons et les bow-windows. Pour pénétrer au rez-de-chaussée et accéder à la cage d'escalier, il y avait quelques marches qui allaient en se rétrécissant vers le haut, entre deux garde-corps portant des rampes de fer forgé qui finissaient en spirale vers la rue. La porte était flanquée de colonnes, et du haut de leurs architraves, un lion regardait vers le haut de la rue de la Gare, un autre vers le bas. L'entrée par laquelle la femme m'avait emmené jusqu'au robinet de la cour était l'entrée de service.

Petit garçon, j'avais déjà remarqué cet immeuble. Il dominait la série des façades. Je pensais que, s'il se faisait encore plus lourd et plus large, les maisons voisines n'auraient qu'à se serrer pour lui faire de la place. J'imaginais à l'intérieur un escalier de stuc et de glaces, avec un tapis à motifs orientaux maintenu sur les marches par des barres de cuivre bien astiquées. Je m'attendais à ce que cette demeure imposante fût habitée par des gens tout aussi imposants. Mais comme l'immeuble avait été noirci par les ans et par la fumée des trains, j'imaginais que ses imposants habitants étaient sinistres, qu'ils étaient devenus bizarres, peut-être sourds ou muets, bossus ou boiteux.

Je n'ai jamais cessé, au cours des années ultérieures, de rêver à cet immeuble. Ces rêves se ressemblaient : variations d'un seul rêve et sur un seul thème. Je marche dans une ville inconnue et je vois cet immeuble. Dans un quartier que je ne connais pas, il se dresse dans l'alignement d'autres maisons. Je continue à marcher, troublé de connaître la maison mais non le quartier. Puis il me revient que j'ai déjà vu cet immeuble. Mais je ne pense pas à la rue de la Gare de ma ville natale, je pense à une autre ville ou à un autre pays. Je suis en rêve par exemple à Rome, j'y vois l'immeuble et je me souviens de l'avoir déjà vu à Berne. Ce souvenir rêvé me rassure ; cela ne me semble pas plus étrange que de revoir par hasard un vieil ami dans un cadre insolite. Je fais demi-tour, reviens vers l'immeuble et gravis les marches. Je veux entrer. J'appuie sur la poignée.

Lorsque c'est dans la campagne que je vois l'immeuble, le rêve dure plus longtemps, ou bien je me rappelle mieux ses détails par la suite. Je roule en voiture. Je vois l'immeuble sur ma droite et je continue à rouler, troublé d'abord seulement de ce qu'une bâtisse manifestement faite pour la ville se dresse en pleins champs. Puis il me revient que je l'ai déjà vue, et je suis doublement troublé. Quand je me rappelle où je l'ai déjà vue, je fais demi-tour et je reviens. La route, dans mon rêve, est toujours déserte, je peux tourner d'un coup dans un crissement de pneus et repartir à grande vitesse. J'ai peur d'arriver trop tard et j'accélère. Alors je vois l'immeuble. Il est entouré de champs : colza, blé ou vignes en Palatinat, lavande en Provence. C'est un paysage de plaine, tout au plus légèrement vallonné. Il n'y a pas d'arbres. Il fait très clair, le soleil luit, l'air tremble et la chaussée brille sous la chaleur. Les murs coupe-feu, des deux côtés de l'immeuble, lui donnent une allure perdue et piteuse. Ce pourraient être ceux de n'importe quelle bâtisse. L'immeuble n'est pas plus sinistre que dans la rue de la Gare. Mais les fenêtres sont toutes poussiéreuses et ne laissent rien voir à l'intérieur, pas même des rideaux. La maison est aveugle.

Je m'arrête sur le bord de la route, que je traverse pour aller vers l'entrée. On ne voit personne, on n'entend rien, même pas un moteur au loin, ni le vent, ni un oiseau. Le monde est mort. Je gravis les marches et j'appuie sur la poignée.

Mais je n'ouvre pas la porte. Je me réveille et je sais seulement que j'ai saisi la poignée et appuyé dessus. Puis tout le rêve me revient en mémoire, et aussi que je l'ai déjà fait.

3

Je ne savais pas le nom de la femme. Mon bouquet de fleurs à la main, j'hésitai devant la porte et les sonnettes. J'avais envie de repartir. Puis un homme sortit de l'immeuble, me demanda qui je cherchais et m'envoya chez Mme Schmitz, au troisième étage.

Pas de stuc, pas de glaces, pas de tapis. Si l'escalier avait jamais possédé de modestes beautés, sans rapport avec la somptueuse façade, il n'en restait plus rien. Au milieu des marches, la peinture rouge était usée par les pas ; le lino vert à motifs qui protégeait les murs jusqu'à hauteur d'épaule était tout écorché, et les barreaux qui manquaient à la rampe étaient remplacés par des ficelles tendues. Cela sentait les produits de nettoyage. Peut-être d'ailleurs que je n'ai remarqué tout cela que plus tard. Tout avait toujours la même propreté miteuse et exhalait toujours la même odeur de produits de nettoyage, mêlée parfois à une odeur de choux ou de haricots, de friture ou de lessive.

Des autres occupants de l'immeuble, je ne connus jamais autre chose que ces odeurs, que les paillassons devant les portes et que les noms sous les boutons de sonnette. Je ne me rappelle pas avoir jamais rencontré un autre locataire dans l'escalier.

Je ne me rappelle pas non plus comment j'ai salué Mme Schmitz. Sans doute avais-je préparé deux ou trois phrases sur ma maladie, sur la façon dont elle m'avait secouru et sur la gratitude que j'en avais, et sans doute les ai-je récitées. Elle m'a fait entrer dans la cuisine.

C'était la plus grande pièce du logement. Il y avait une cuisinière et un évier, une baignoire et un chauffe-eau, une table et deux chaises, un buffet, une armoire et un canapé. Le canapé était couvert d'une couverture en velours. La cuisine n'avait pas de fenêtre. La lumière venait d'une porte vitrée ouvrant sur le balcon. Cela ne donnait pas beaucoup de jour, la cuisine n'était claire que quand la porte était ouverte. On entendait alors, montant de la menuiserie dans la cour, le hurlement de la scie et on sentait l'odeur du bois.

Le logement comportait encore un petit salon étroit, avec une desserte, une table, quatre chaises, un fauteuil à oreilles et un poêle. Cette pièce n'était presque jamais chauffée en hiver, et presque jamais utilisée en été non plus. La fenêtre donnait sur la rue de la Gare, et la vue sur les terrains de l'ancienne gare, qui étaient éventrés dans tous les sens et où l'on posait déjà çà et là les fondations de nouveaux bâtiments administratifs et judiciaires. Enfin le logement avait aussi des toilettes sans fenêtre. Quand ça sentait mauvais, on le sentait aussi dans le couloir.

Je ne me rappelle pas non plus ce que nous nous sommes dit dans la cuisine. Mme Schmitz était en train de repasser ; elle avait étendu sur la table une couverture de laine et un drap, elle prenait dans la corbeille une pièce de linge après l'autre, la repassait, la pliait et la posait sur l'une des deux chaises. J'étais assis sur l'autre. Elle repassait aussi ses sous-vêtements, je ne voulais pas regarder, mais je ne pouvais pas non plus regarder ailleurs. Elle portait une robe tablier sans manches, bleue avec de petites fleurs rose pâle. Ses cheveux blond cendré, qui lui arrivaient aux épaules, étaient retenus sur la nuque par une barrette. Ses bras nus étaient pâles. Ses gestes, pour soulever le fer à repasser, le diriger, le reposer, puis pour plier les pièces de linge et les poser, étaient lents et réfléchis, comme était lente et réfléchie sa façon de se mouvoir, de se pencher, de se redresser. Sur son visage d'alors sont venus se poser, dans ma mémoire, ses visages ultérieurs. Quand je veux l'évoquer devant mes yeux telle qu'elle était alors, elle apparaît sans visage. Il faut que je le reconstitue. Front haut, pommettes hautes, yeux bleu clair, lèvres pleines aux courbes régulières sans rupture, menton fort. Un beau visage dessiné à grands traits, rude et féminin. Je sais que je le trouvai beau. Mais je ne vois pas sa beauté devant moi.

4

« Attends un peu, dit-elle lorsque je me levai pour partir, il faut que je sorte, nous partirons ensemble. »

J'attendis dans le couloir. Elle se changea dans la cuisine. La porte était entrebâillée. Elle ôta sa robe tablier et se trouva en sous-vêtements vert clair. Deux bas pendaient sur le dossier de la chaise. Elle en prit un et, avec de petits mouvements vifs des deux mains, le retroussa jusqu'à en faire un anneau. En équilibre sur une jambe, le talon de l'autre jambe appuyé sur le genou, elle passa le bas ainsi roulé sur le bout de son pied, puis posa celui-ci sur la chaise et enfila le bas sur son mollet, son genou et sa cuisse, se penchant alors de côté pour l'attacher aux jarretelles. Elle se redressa, ôta le pied de la chaise et prit l'autre bas.

Je ne pouvais détacher mes yeux d'elle. De sa nuque et de ses épaules, de ses seins que la lingerie drapait plus qu'elle ne les cachait, de ses fesses sur lesquelles son jupon se tendait lorsqu'elle appuyait le talon sur le genou et qu'elle le posait sur la chaise, de sa jambe d'abord nue et pâle, puis d'un éclat soyeux une fois dans le bas.

Elle sentit mon regard. Elle s'arrêta, main tendue, au moment de saisir l'autre bas, tourna la tête vers la porte et me regarda droit dans les yeux. Je ne sais pas ce qu'exprimait son regard : étonnement, question, connivence ou blâme. Je rougis. Je restai là un instant, le visage en feu. Puis je n'y tins plus, je me jetai hors du logement, dévalai l'escalier et me précipitai hors de l'immeuble.

Je marchai lentement. Rue de la Gare, rue Häusser, rue des Fleurs. C'était mon chemin pour aller au lycée depuis des années. Je connaissais chaque maison, chaque jardin, chaque clôture, celle qui était repeinte chaque année, celle dont le bois était devenu si gris et si friable qu'il cédait sous les doigts, les barrières métalliques dont je frottais les barreaux avec un bâton en les longeant quand j'étais petit, et ce haut mur de briques derrière lequel j'avais imaginé des merveilles et des horreurs jusqu'au jour où je pus l'escalader et découvris des alignements ennuyeux de carrés à l'abandon, de fleurs, de légumes et d'arbustes à baies. Je connaissais les pavés et l'asphalte de la chaussée et, sur les trottoirs, l'alternance des dalles, du mâchefer, du goudron et du gravier.

Tout m'était familier. Lorsque mon cœur battit moins vite et que mon visage ne fut plus en feu, le face-à-face qui avait eu lieu par la porte entrebâillée me sembla très loin. Je m'en voulais. Je m'étais enfui comme un enfant, au lieu de réagir avec la tranquille assurance que j'attendais de ma part. Je n'avais plus neuf ans, j'en avais quinze. Mais à vrai dire, ce qu'aurait dû donner une tranquille assurance me restait une énigme.

L'autre énigme, c'était ce face-à-face lui-même, entre cuisine et entrée. Pourquoi n'avais-je pas pu détacher mes yeux d'elle ? Elle avait un corps très robuste et très féminin, plus épanoui que les filles qui me plaisaient et que je regardais. J'étais sûr que je ne l'aurais pas remarquée si je l'avais vue à la piscine. Elle ne s'était d'ailleurs pas montrée plus nue que je n'avais vu les filles et les femmes à la piscine. Et elle était beaucoup plus vieille que les filles dont je rêvais. Plus de trente ans ? On apprécie mal l'âge qu'on n'a pas encore derrière soi, ni juste devant.

Des années plus tard, je m'avisai que ce n'avait pas été simplement à cause de sa silhouette que je n'avais pu détacher mes yeux d'elle, mais à cause de ses attitudes et de ses gestes. Je demandai à mes amies d'enfiler des bas, mais je n'avais pas envie d'expliquer pourquoi, de raconter le face-à-face entre cuisine et entrée. On croyait donc que je voulais des jarretelles et des dentelles et des fantaisies érotiques, et on me les servait en posant coquettement. Ce n'était pas cela dont je n'avais pu détacher les yeux. Il n'y avait eu chez elle aucune pose, aucune coquetterie. Et je ne me rappelle pas qu'il y en ait jamais eu. Je me rappelle que son corps, ses attitudes et ses mouvements donnaient parfois une impression de lourdeur. Non qu'elle fût lourde. On avait plutôt le sentiment qu'elle s'était comme retirée à l'intérieur de son corps, l'abandonnant à lui-même et à son propre rythme, que ne venait troubler nul ordre donné par la tête, et qu'elle avait oublié le monde extérieur. C'est cet oubli du monde qu'avaient exprimé ses attitudes et ses gestes pour enfiler ses bas. Mais là, cet oubli n'avait rien de lourd, il était fluide, gracieux, séduisant — d'une séduction qui n'est pas les seins, les fesses, les jambes, mais l'invitation à oublier le monde dans le corps.

À l'époque, je ne savais pas cela — si du moins je le sais aujourd'hui, et ne suis pas en train de me le figurer. Mais en réfléchissant alors à ce qui m'avait tant excité, l'excitation revint. Pour résoudre l'énigme, je me remémorai le face-à-face, et le recul que j'avais pris en en faisant une énigme disparut. Je revis tout comme si j'y étais, et de nouveau je ne pouvais plus en détacher les yeux.

5

Huit jours plus tard, je me retrouvai devant sa porte.

Une semaine durant, j'avais tenté de ne pas penser à elle. Mais il n'y avait rien pour m'occuper et me distraire ; le médecin ne permettait pas encore que je retourne au lycée, après des mois de lecture j'avais assez des livres, et mes amis passaient bien me voir, mais il y avait si longtemps que j'étais malade que ces visites n'arrivaient plus à jeter un pont entre leur vie quotidienne et la mienne : ils les écourtaient de plus en plus. Il fallait que je me promène, chaque jour un peu plus, sans me fatiguer. J'aurais eu besoin de me fatiguer.

Quelles périodes magiques que les périodes de maladie, dans l'enfance et la jeunesse ! Le monde extérieur, le monde des loisirs — dans la cour ou le jardin, ou dans la rue — ne parvient que par des bruits assourdis jusque dans la chambre du malade. Il y foisonne au contraire un monde d'histoires et de personnages, ceux des lectures. La fièvre, qui estompe les sensations et aiguise l'imagination, fait de la chambre un espace nouveau, à la fois familier et étrange ; des monstres grimacent dans les dessins du rideau et de la tapisserie, et les chaises, les tables, les étagères et l'armoire se dressent comme des montagnes, des bâtisses ou des navires, à la fois proches à les toucher et très éloignés. Tout au long des heures nocturnes, le malade est accompagné par les sonneries du clocher, par le grondement des voitures qui passent parfois et par la lueur de leurs phares palpant rapidement murs et plafond. Ce sont des heures sans sommeil, mais non de cette insomnie qui est un manque : ce sont des heures de plénitude. Désirs, souvenirs, peurs et voluptés dessinent des labyrinthes où le malade se perd, se découvre et se perd à nouveau. Ce sont des heures où tout est possible, le bon comme le mauvais.

Cela s'atténue lorsque le malade va mieux. Mais si la maladie a duré assez longtemps, sa chambre reste imprégnée et le convalescent, bien qu'il n'ait plus de fièvre, reste perdu dans les labyrinthes.

Je m'éveillais chaque matin avec mauvaise conscience, et quelquefois avec un pantalon de pyjama humide ou taché. Les images et les scènes dont je rêvais n'étaient pas bien. Je savais que ma mère, que le curé qui m'avait préparé à ma première communion et que je vénérais, et que ma grande sœur, à qui j'avais confié les secrets de mon enfance, ne me gronderaient pas ; mais ils

me feraient gentiment la leçon, avec une sollici-
tude qui serait pire qu'une réprimande. Ce qui
n'était pas bien, surtout, c'est que ces images et
ces scènes, quand je ne les rêvais pas passivement,
je les imaginais délibérément.

Je ne sais où je trouvai le courage de retourner voir Mme Schmitz. L'éducation morale se
retourna-t-elle contre elle-même, en quelque
sorte ? Si le regard de désir était aussi grave que la
satisfaction du désir, si l'imagination était aussi
grave que l'acte imaginé, alors pourquoi pas la
satisfaction et l'acte ? Je constatais jour après jour
que la pensée du péché ne me quittait pas. Dès
lors je voulus aussi le péché lui-même.

Il y avait une autre considération. Y aller était
peut-être dangereux. Mais en fait il était impossible que le danger se réalise. Mme Schmitz
m'accueillerait avec surprise, m'écouterait
m'excuser de mon étrange comportement, et me
renverrait gentiment. Il était plus dangereux de ne
pas y aller ; je risquais de ne jamais me débarrasser
de mes fantasmes. Donc, je faisais ce qu'il fallait,
en y allant. Elle se comporterait normalement, je
me comporterais normalement, et tout serait de
nouveau normal.

Voilà comment j'ai raisonné à l'époque, inté-
grant mon désir à un étrange calcul moral et faisant taire ma mauvaise conscience. Mais cela ne
suffisait pas à me donner le courage de retourner
chez Mme Schmitz. Me persuader que ma mère,

mon vénéré curé et ma grande sœur, pour peu qu'ils réfléchissent à fond, ne m'auraient sûrement pas retenu, mais m'auraient à coup sûr encouragé à aller la voir, c'était une chose. Y aller effectivement, c'était une tout autre affaire. J'ignore pourquoi je le fis. Mais je reconnais aujourd'hui dans cet événement d'alors le modèle de la façon dont, ma vie durant, les pensées et les actes se sont combinés ou mal combinés. Je pense, j'arrive à une conclusion, je traduis cette conclusion en décision, et je m'aperçois que l'acte est une chose à part, qui peut être conforme à la décision, mais pas nécessairement. Plus d'une fois, au cours de ma vie, j'ai fait ce que je n'avais pas décidé, et ce que j'avais décidé, je ne l'ai pas fait. C'est un je-ne-sais-quoi qui agit ; qui part rejoindre une femme que je ne veux plus voir ; qui fait à un supérieur la remarque qui va me coûter ma carrière ; qui continue à fumer bien que j'aie décidé d'arrêter, et qui cesse de fumer quand j'ai admis que je suis et resterai fumeur. Je ne veux pas dire que pensée et décision sont sans influence sur les actes. Mais les actes n'exécutent pas simplement ce qui a été préalablement pensé et décidé. Ils ont leur source propre et sont les miens de façon tout aussi autonome que ma pensée est ma pensée, et ma décision ma décision.

6

Elle n'était pas chez elle. La porte de l'immeuble était juste poussée, je montai l'escalier, sonnai et attendis. Je sonnai une seconde fois. À l'intérieur, les portes étaient ouvertes, je le voyais à travers la vitre de la porte d'entrée, et je distinguais la glace, le portemanteau et l'horloge, dont j'entendais le tic-tac.

Je m'assis sur les marches et j'attendis. Je n'étais pas soulagé comme on peut l'être quand, s'étant décidé la mort dans l'âme et craignant les conséquences, on est content d'avoir mis sa décision à exécution en échappant aux conséquences. Je n'étais pas déçu non plus. J'étais résolu à la voir, et à attendre jusqu'à ce qu'elle revienne.

L'horloge de l'entrée sonna le quart, la demie, l'heure suivante. Je tentai de suivre le léger tic-tac et de compter les neuf cents secondes d'une sonnerie à l'autre, mais je me laissais sans cesse distraire. Dans la cour hurlait la scie du menuisier, dans l'immeuble des voix ou de la musique venaient d'un appartement, une porte se refermait. Puis j'entendis quelqu'un monter l'escalier d'un pas régulier, lent, lourd. J'espérai que ce serait un locataire du deuxième. S'il me voyait, comment expliquer ce que je faisais là ? Mais les pas ne s'arrêtèrent pas au deuxième. Ils continuèrent. Je me levai.

C'était Mme Schmitz. D'une main elle portait un seau pour le coke, de l'autre une boîte pour les briquettes de charbon. Elle avait un uniforme, une veste et une jupe, et je compris qu'elle était receveuse de tramway. Elle ne me vit qu'une fois arrivée sur le palier. Elle n'eut l'air ni agacée, ni étonnée, ni moqueuse — rien de tout ce que j'avais redouté. Elle avait l'air fatiguée. Quand elle eut posé son charbon et qu'elle chercha sa clé dans la poche de sa veste, des pièces de monnaie tombèrent en tintant sur le sol. Je les ramassai et les lui tendis.

« Il y a encore deux autres seaux à la cave. Tu vas les remplir et tu me les remontes ? La porte est ouverte. »

Je descendis l'escalier quatre à quatre. La porte de la cave était grande ouverte, la lumière allumée, et au pied du long escalier de pierre je trouvai une cloison de planches dont la porte était juste poussée, le cadenas ouvert accroché au verrou. La pièce était grande, et pleine de coke jusqu'au soupirail au ras du plafond par lequel on le livrait depuis la rue. Près de la porte il y avait d'un côté les briquettes soigneusement empilées, de l'autre les seaux pour le coke.

Je ne sais pas ce que j'ai fait de travers. À la maison aussi, j'allais chercher le charbon à la cave, et sans jamais avoir de problèmes. Encore qu'à la maison on ne stockât pas une telle quantité de coke. Le remplissage du premier seau se passa bien. Quand, prenant à son tour le deuxième seau par ses poignées, je l'enfonçai au bas du tas, la montagne se mit en marche. Partant du haut, de petits morceaux se mirent à débouler à grands bonds, et de gros morceaux à faire de petits sauts, plus bas cela devint un glissement général, et tout en bas une avalanche qui roula sur tout le sol. Il s'éleva un nuage de poussière noire. Je m'immobilisai, effrayé, recevant sur moi par-ci par-là des morceaux, et me retrouvai bientôt dans le coke jusqu'aux chevilles.

Quand la montagne se fut apaisée, je tirai mes pieds du coke, remplis mon deuxième seau, cherchai et trouvai un balai pour repousser les morceaux qui avaient roulé jusque dans le couloir, puis je refermai la porte et le cadenas, et je montai les deux seaux.

Elle avait ôté sa veste, desserré sa cravate, déboutonné son col, et elle était assise à la table de la cuisine devant un verre de lait. Elle me vit et eut d'abord un petit gloussement retenu, puis elle rit à gorge déployée. Me montrant du doigt, elle claqua l'autre main sur la table. « Regarde-toi, garçon, regarde-toi ! » Alors j'allai voir mon visage noir dans le miroir au-dessus de l'évier et je me mis à rire aussi.

« Tu ne peux pas rentrer chez toi comme ça. Je vais te faire couler un bain et brosser tes affaires. » Elle alla vers la baignoire et ouvrit le robinet. L'eau coula à grand bruit, toute fumante, dans la baignoire. « Fais attention en te déshabillant, je ne tiens pas à avoir la cuisine pleine de charbon. »

J'hésitai, retirai mon pull et ma chemise, hésitai encore. L'eau montait rapidement, et la baignoire était presque pleine.

« Tu ne vas pas te baigner avec tes chaussures et en pantalon ? Garçon, je ne regarde pas. » Mais quand j'eus fermé le robinet et quitté même mon slip, elle me regarda tranquillement. Je rougis, montai dans la baignoire et me plongeai entièrement dans l'eau. Quand je refis surface, elle était sur le balcon avec mes vêtements. Je l'entendis frapper mes chaussures l'une contre l'autre, puis secouer mon pull et mon pantalon. Elle cria quelque chose vers la cour, il était question de poussière de charbon et de copeaux de bois, on lui répondit d'en bas et elle rit. Rentrant dans la cuisine, elle posa mes affaires sur la chaise. Elle ne me jeta qu'un bref coup d'œil. « Prends le shampoing et lave-toi aussi les cheveux, je vais t'apporter la serviette. » Elle prit quelque chose dans l'armoire et sortit de la cuisine.

Je me lavai. L'eau de la baignoire était sale, et

j'en fis couler d'autre pour me rincer la tête et le visage sous le robinet. Puis je restai allongé, entendant gargouiller le chauffe-eau, sentant sur mon visage l'air frais qui passait par la porte entrebâillée, et sur mon corps la chaleur de l'eau. J'étais bien. C'était un bien-être excitant et j'eus une érection.

Je ne levai pas les yeux quand elle rentra dans la cuisine, mais seulement quand elle fut près de la baignoire. Elle tenait une grande serviette déployée devant elle, à bras tendus. « Viens ! » Je lui tournai le dos en me levant et en sortant de la baignoire. Par-derrière, elle m'enveloppa de la tête aux pieds dans la serviette et me frotta pour me sécher. Puis elle laissa tomber la serviette par terre. Je n'osais pas bouger. Elle s'approcha si près de moi que je sentis ses seins contre mon dos et son ventre contre mes fesses. Elle était nue aussi. Elle mit ses bras autour de moi, une main sur ma poitrine et l'autre sur mon sexe dressé.

« C'est bien pour ça que tu es venu !

— Je... » Je ne savais pas quoi dire. Je ne pouvais pas dire oui, je ne pouvais pas dire non. Je me retournai. Je ne vis pas grand-chose d'elle. Nous étions trop près. Mais je fus bouleversé par la présence de son corps nu. « Comme tu es belle !

— Oh, garçon, qu'est-ce que tu racontes ! » Elle rit et mit ses bras autour de mon cou. Et je la serrai aussi dans mes bras.

J'avais peur de la toucher, peur de l'embrasser,

peur de ne pas lui plaire et de ne pas être à la hauteur. Mais quand nous nous fûmes tenus un moment ainsi, quand j'eus respiré son odeur et senti sa chaleur et sa force, tout alla de soi. L'exploration de son corps, avec mes mains et ma bouche, la rencontre de nos bouches, et enfin elle sur moi, yeux dans les yeux, jusqu'à ce que je sente que j'allais jouir ; je fermai les yeux et tentai d'abord de me retenir, puis je poussai un tel cri qu'elle l'étouffa de sa main sur ma bouche.

7

C'est la nuit suivante que je tombai amoureux d'elle. Je ne dormis pas profondément, j'avais envie d'être près d'elle, je rêvais d'elle, je croyais la sentir contre moi, puis je m'apercevais que je tenais l'oreiller ou la couette. Nos baisers m'avaient laissé la bouche endolorie. J'avais sans cesse des érections, mais je ne voulais pas me masturber. Je ne me masturberais plus jamais. Je voulais être avec elle.

Suis-je tombé amoureux d'elle pour la payer d'avoir couché avec moi ? Aujourd'hui encore, après une nuit avec une femme, j'ai le sentiment d'avoir été gâté et d'être en dette — envers elle, que j'essaie au moins d'aimer, et aussi envers le monde, que j'affronte.

L'un des rares souvenirs vivaces de ma petite enfance concerne un matin d'hiver, quand j'avais quatre ans. La chambre où je dormais alors n'était pas chauffée et, la nuit et le matin, il faisait souvent très froid. Je me souviens de la chaleur de la cuisine et du fourneau brûlant, une lourde cuisinière en fonte où l'on voyait le feu, quand avec un crochet on déplaçait les ronds de la plaque, et qui comportait un réservoir constamment plein d'eau chaude. Ma mère avait mis devant le fourneau une chaise sur laquelle je me tenais debout tandis qu'elle me lavait et m'habillait. Je me rappelle cette délicieuse sensation de chaleur, et le plaisir que j'éprouvai à être, dans cette chaleur, lavé et habillé. Je me souviens aussi qu'à chaque fois que je me rappelais cette situation, je me demandais pourquoi ma mère m'avait gâté ainsi. Étais-je malade ? Mon frère et mes sœurs avaient-ils eu droit à quelque chose que je n'avais pas eu ? La suite de la journée me réservait-elle des désagréments, des difficultés que j'aurais à surmonter ?

C'est aussi parce que cette femme, dont j'ignorais le prénom, m'avait tellement gâté cet après-midi-là que je retournai au lycée le lendemain. Je voulais de surcroît montrer la virilité que je venais d'acquérir. Non que j'aie eu l'intention de me vanter. Mais je sentais en moi une énergie et une supériorité que je voulais manifester face à mes camarades et à mes professeurs. Et d'autre part, sans en avoir parlé avec elle, j'avais réfléchi que comme receveuse du tramway elle devait souvent travailler tard le soir et jusque dans la nuit. Comment ferais-je pour la voir chaque jour, si je devais rester à la maison et ne faire que mes promenades de convalescent ?

Lorsque je rentrai à la maison après l'avoir quittée, mes parents, mon frère et mes sœurs étaient déjà en train de dîner. « Pourquoi rentres-tu si tard ? Ta mère s'inquiétait. » Mon père m'avait dit cela d'un ton moins inquiet qu'agacé.

Je répondis que je m'étais perdu ; que j'avais voulu faire une promenade jusqu'à la ferme de cure laitière en passant par le mémorial, que j'avais abouti Dieu sait où, pour finalement me retrouver à Nussloch. « Je n'avais pas d'argent, il a fallu que je rentre à pied depuis Nussloch.

— Tu aurais pu faire du stop. » Ma sœur cadette en faisait parfois, ce que mes parents n'approuvaient pas.

Mon frère aîné émit un grognement dédaigneux. « La ferme et Nussloch, c'est pas du tout la même direction. »

Quant à ma sœur aînée, elle me regardait attentivement.

« Demain, je retourne au lycée.

— Alors, écoute bien en géographie ! Il y a le nord et le sud, et le soleil se lève... »

Ma mère interrompit mon frère. « Encore trois semaines, a dit le médecin.

— S'il est capable d'aller jusqu'à Nussloch en passant par le mémorial et de revenir, il peut bien aller au lycée. C'est pas la force qui lui manque, c'est la cervelle. » Quand nous étions petits, mon frère et moi, nous nous battions tout le temps, et par la suite nous nous disputions verbalement. De trois ans mon aîné, il me battait sur les deux terrains. Un jour, j'avais cessé de riposter, laissant son agressivité frapper dans le vide. Depuis, il se contentait de me débiner.

« Qu'en penses-tu ? » Ma mère se tourna vers mon père. Il reposa sa fourchette et son couteau sur son assiette, se rejeta en arrière et croisa les mains sur son ventre. Il resta sans rien dire, l'air songeur, comme chaque fois que ma mère lui parlait des enfants ou du ménage. Et comme chaque fois, je me demandai s'il réfléchissait vraiment à la question de ma mère ou bien à son travail. Peut-être aussi qu'il tentait de réfléchir à la question posée, mais qu'une fois parti pour réfléchir il ne pouvait faire autrement que de penser à son travail. Il était professeur de philosophie à l'université, et penser était toute sa vie : penser, lire, écrire, enseigner.

Parfois, j'avais le sentiment que nous, sa famille, nous étions pour lui comme des animaux domestiques. Le chien qu'on emmène en promenade, le chat avec lequel on joue, et aussi le chat qui se couche en rond sur vos genoux et qui se laisse caresser en ronronnant, on peut les aimer bien, on peut même en avoir quasiment besoin, il n'empêche qu'aller acheter leur nourriture, nettoyer la caisse du chat et les emmener chez le vétérinaire, on peut trouver que ça fait trop. Parce que la vie est ailleurs. J'aurais bien aimé que nous, sa famille, nous soyons sa vie. J'aurais bien aimé aussi, quelquefois, que mon frère qui me débinait et ma petite sœur insolente soient différents. Mais ce soir-là, tout à coup, je les aimais tous terriblement. Ma petite sœur. Ce n'était probablement pas facile d'être la dernière des quatre : sans doute ne pouvait-elle s'affirmer qu'avec un peu d'insolence. Mon grand frère. Nous partagions la même chambre, ce qui était sûrement plus gênant pour lui que pour moi ; en plus, depuis que j'étais malade, il avait dû me la céder entièrement et dormir sur le divan du salon. Comment aurait-il pu ne pas me débiner ? Mon père. Pourquoi nous, les enfants, aurions-nous dû être toute sa vie ? Nous grandissions, et dans quelques années nous serions grands et quitterions la maison.

J'avais l'impression que c'était la dernière fois que nous étions assis ensemble autour de la table ronde, sous le lustre de cuivre à cinq branches et cinq bougies, la dernière fois que nous mangions dans ces vieilles assiettes au bord orné de guirlandes vertes, la dernière fois que nous parlions ensemble aussi familièrement. J'avais l'impression que c'étaient des adieux. J'étais encore là et déjà parti. J'avais le regret de ma mère et de mon père et de mes frère et sœurs, et le désir d'être avec cette femme.

Mon père se tourna vers moi. « Demain, je

retourne au lycée — c'est bien ce que tu as dit,
n'est-ce pas ?

— Oui. » Ainsi, il avait remarqué que je m'étais
adressé à lui et non à ma mère, et que je n'avais
pas dit non plus que je me demandais s'il fallait
retourner au lycée.

Il approuva de la tête. « Retourne donc au lycée.
Si jamais c'est trop dur, tu n'auras qu'à rester de
nouveau à la maison. »

J'étais content. En même temps, j'avais le sentiment que, pour le coup, ç'avait été des adieux.

8

Les jours suivants, elle était de l'équipe du matin. Elle rentrait à midi, et je séchais jour après jour le dernier cours pour l'attendre sur son palier. Nous prenions une douche et nous faisions l'amour, et juste avant une heure et demie je me rhabillais à la hâte et je filais. À la maison, on mangeait à une heure et demie. Le dimanche, on mangeait à midi, mais son service commençait et finissait aussi plus tard.

Je me serais passé de la douche. Elle était d'une propreté extrême, elle avait pris une douche le matin, et j'aimais l'odeur de parfum, de sueur fraîche et de tramway qu'elle rapportait du travail. Mais j'aimais aussi son corps mouillé et luisant de savon ; je me laissais volontiers savonner par elle, et j'aimais la savonner, et elle m'apprit à ne pas le faire avec pruderie, mais avec une application toute naturelle et possessive. Dans l'amour aussi, elle prenait tout naturellement possession de moi. Sa bouche prenait la mienne, sa langue jouait avec la mienne, elle me disait où et comment la toucher, et quand elle me chevauchait jusqu'à ce qu'elle jouisse, je n'étais là, pour elle, que parce qu'elle prenait son plaisir avec moi. Non qu'elle ne fût pas tendre avec moi et ne me donnât pas du plaisir. Mais elle le faisait comme pour se divertir à un jeu, jusqu'à ce qu'à mon tour j'apprenne à la posséder.

Cela vint plus tard. Je n'appris jamais tout à fait. Longtemps, cela ne me manqua d'ailleurs pas. J'étais jeune, je jouissais vite, et quand ensuite je reprenais lentement de la vigueur, je la laissais volontiers prendre possession de moi. Je la regardais quand elle était sur moi, son ventre qui faisait un pli au-dessus du nombril, ses seins, le droit un rien plus gros que le gauche, son visage avec la bouche ouverte. Elle appuyait ses mains sur ma poitrine et les ôtait tout d'un coup au dernier moment, se prenait la tête et poussait sans bruit un cri de gorge, comme un sanglot, qui la première fois m'effraya, et que par la suite j'attendais avec avidité.

Après, nous étions épuisés. Souvent, elle s'endormait sur moi. J'entendais la scie dans la cour et les cris des ouvriers qui travaillaient autour d'elle et devaient forcer la voix pour s'entendre. Quand la scie s'arrêtait, parvenait dans la cuisine le bruit faible des voitures dans la rue de la Gare. Lorsque j'entendais les enfants crier et jouer, je savais que l'école était finie et qu'il était une heure passée. Le voisin, qui rentrait pour déjeuner, jetait des graines sur son balcon, et j'entendais les battements d'ailes et les roucoulements des pigeons.

« Comment t'appelles-tu ? » Je lui posai la question le sixième ou septième jour. Elle s'était endormie sur moi et se réveillait juste. Jusque-là, j'avais évité aussi bien le vous que le tu.

Elle se redressa d'un coup. « Quoi ?

— Comment tu t'appelles ?

— Pourquoi veux-tu le savoir ? » Elle me regarda d'un air méfiant.

« Toi et moi... Je connais ton nom de famille, mais pas ton prénom. Je veux savoir ton prénom. Pourquoi ça te... »

Elle rit. « Pas du tout, garçon, ça ne me gêne pas. Je m'appelle Hanna. » Elle continua à rire, sans pouvoir s'arrêter, et ça me fit rire aussi.

« Tu m'as regardé d'un drôle d'air.

— J'étais encore à moitié endormie. Toi, tu t'appelles comment ? »

Je pensais qu'elle le savait. C'était la mode de ne plus mettre ses affaires de classe dans un cartable, mais de les porter sous le bras, et quand je les posais sur sa table de cuisine, mon nom était en évidence, sur les cahiers et aussi sur les livres, que j'avais appris à couvrir de gros papier, avec une étiquette portant le titre du livre et mon nom. Mais elle n'y avait pas pris garde.

« Je m'appelle Michaël Berg.

— Michaël, Michaël, Michaël. » Elle essayait

mon prénom. « Mon garçon s'appelle Michaël, il est étudiant...

— Lycéen.

— ... il est lycéen, il a... quoi ? Dix-sept ans ? »

Fier des deux ans de plus qu'elle me donnait, j'approuvai.

« ... Dix-sept ans, et il veut devenir, quand il sera grand, un célèbre... » Elle hésita.

« Je ne sais pas ce que je veux faire plus tard.

— Mais tu travailles bien.

— Oh, enfin... » Je lui dis qu'elle comptait plus pour moi que le travail et le lycée. Que j'avais envie aussi d'être plus souvent avec elle. « De toute façon, je vais redoubler.

— Redoubler quoi ? » Elle se redressa complètement. C'était la première vraie conversation que nous avions.

« La troisième. J'ai trop manqué, les derniers mois, quand j'étais malade. Si je voulais encore passer en seconde, il faudrait que je m'abrutisse au travail. Et qu'en ce moment, je sois au lycée. » Je lui racontai que je séchais des cours.

« Dehors. » Elle rabattit le drap. « Sors de mon lit. Et je ne veux plus te voir si tu ne fais pas ton travail. Abrutissant, ton travail ? Abrutissant ? Tu sais ce que c'est que de vendre des billets et de les poinçonner ? » Elle se leva, se mit debout dans la cuisine, nue, et joua la receveuse. Elle ouvrit de la main gauche le petit classeur contenant les carnets de tickets, puis, du pouce de la même main, coiffé d'un dé en caoutchouc, elle détacha deux tickets, balança sa main droite de façon à empoigner la pince accrochée à son poignet, et poinçonna deux fois. « Rohrbach deux fois. » Puis, lâchant la pince, elle tendit la main en avant, prit le billet qu'on lui tendait, ouvrit la sacoche ventrale, y mit le billet, la referma, fit glisser des pièces du distributeur fixé à la sacoche pour la monnaie. « Qui n'a pas son ticket ? » — Elle me regarda. « Abrutissant ? Tu ne sais pas ce que c'est qu'un travail abrutissant. »

J'étais assis sur le bord du lit. J'étais abasourdi. « Je suis désolé. Je ferai mon travail. Je ne sais pas si j'y arriverai, l'année scolaire finit dans six semaines. Je vais essayer. Mais je n'y arriverai pas si tu ne veux plus me voir. Je... » Je voulus dire d'abord : je t'aime. Et puis je n'en eus plus envie. Peut-être qu'elle avait raison, elle avait sûrement raison. Mais elle n'avait pas le droit d'exiger de moi que j'en fasse davantage pour le lycée et de faire dépendre nos rencontres de cela. « Je ne peux pas ne pas te voir. »

L'horloge de l'entrée sonna deux heures. « Il faut que tu partes. » Elle hésita. « À partir de demain, je suis de la deuxième équipe. Je rentre à cinq heures et demie, et là tu peux venir. Si tu travailles avant. »

Nous étions nus, debout l'un en face de l'autre, mais en uniforme elle ne m'aurait pas semblé plus froide. Je ne comprenais pas la situation. Était-ce de moi qu'il s'agissait, ou d'elle ? Si mon travail était abrutissant, que dire du sien ! Est-ce cela qui l'avait vexée ? Mais je n'avais pas dit que mon travail était abrutissant, ni le sien. Ou bien ne voulait-elle pas d'un nullard comme amant ? Mais est-ce que j'étais son amant ? Qu'est-ce que j'étais pour elle ? Je m'habillai en traînassant, dans l'espoir qu'elle dirait quelque chose. Mais elle ne dit rien. Enfin je fus habillé, et elle était toujours nue et debout ; et quand je l'embrassai en la quittant, elle ne réagit pas.

9

Pourquoi suis-je aussi triste, quand je repense à ce temps-là ? Est-ce le regret du bonheur passé ? Car je fus heureux les semaines suivantes, durant lesquelles je me suis vraiment abruti de travail, réussissant à ne pas redoubler, et durant lesquelles nous nous sommes aimés comme si rien d'autre au monde ne comptait. Est-ce de savoir ce qui vint ensuite, et que ce qui se révéla ensuite était en fait déjà là ?

Pourquoi ? Pourquoi ce qui était beau nous paraît-il rétrospectivement détérioré parce que cela dissimulait de vilaines vérités ? Pourquoi le souvenir d'années de mariage heureux est-il gâché lorsque l'on découvre que, pendant tout ce temps-là, l'autre avait un amant ? Parce qu'on ne saurait être heureux dans une situation pareille ? Mais on était heureux ! Parfois le souvenir n'est déjà plus fidèle au bonheur quand la fin fut douloureuse. Parce que le bonheur n'est pas vrai s'il ne dure pas éternellement ? Parce que ne peut

finir douloureusement que ce qui était doulou-
reux, inconsciemment et sans qu'on le sût ?

Je repense à ce temps-là et je me vois. Je portais
les costumes élégants qu'avait laissés à sa mort
un oncle qui était riche ; ils m'étaient échus avec
plusieurs paires de chaussures de deux couleurs,
noir et brun, noir et blanc, daim et box. J'avais
les jambes et les bras trop longs, non pour les
costumes, que ma mère avait rallongés, mais
pour coordonner mes mouvements. Mes lunettes
étaient d'un modèle bon marché remboursé par
la caisse maladie, et mes cheveux étaient une
touffe hirsute, quoi que je fisse. Au lycée, je n'étais
ni bon ni mauvais ; je crois que beaucoup de professeurs ne me voyaient pas vraiment, tout comme
les élèves qui donnaient le ton dans la classe. Je
n'aimais pas mon physique, ni ma manière de
m'habiller et de me mouvoir, ni ce que j'arrivais à
faire ni ce que je valais. Mais quelle énergie il y
avait en moi ! Quelle confiance d'être un jour
beau et intelligent, supérieur et admiré ! Quelle
espérance, mise dans mes rencontres avec des personnes et des situations nouvelles !

Est-ce cela qui me rend triste ? Ce zèle et cette
foi qui m'habitaient alors et arrachaient à la vie
une promesse qui ne put jamais être tenue ? Quelquefois, je vois le même zèle et la même foi dans
les visages d'enfants et d'adolescents, et je les vois
avec la même tristesse que je me revois moi-même
à l'époque. Cette tristesse est-elle la tristesse tout

court ? Est-ce elle qui nous accable lorsque de beaux souvenirs rétrospectivement se détériorent, parce que le bonheur dont on se souvient ne tenait pas seulement à la situation, mais à une promesse qui n'a pas été tenue ?

Elle — je devrais commencer à l'appeler Hanna, comme je commençai à le faire à l'époque —, elle à vrai dire ne vivait pas d'une promesse, mais de la situation et d'elle seule.

Je lui posais des questions sur son passé et, pour me répondre, on aurait dit qu'elle fouillait dans un coffre plein de poussière. Elle avait grandi en Transylvanie, était arrivée à Berlin à dix-sept ans, entrée comme ouvrière chez Siemens, et s'était retrouvée dans l'armée à vingt et un ans. Après la fin de la guerre, elle s'en était sortie en faisant toutes sortes de jobs. Dans son métier de receveuse de tramway, qu'elle exerçait depuis quelques années, elle aimait l'uniforme et le mouvement, la variété du spectacle et le roulement sous les pieds. Sinon, elle ne l'aimait pas. Elle n'avait pas de famille. Elle avait trente-six ans. Tout cela, elle en parlait comme si ce n'était pas sa vie, mais celle de quelqu'un d'autre qu'elle ne connaissait pas et qui ne la concernait pas. Quand je voulais en apprendre davantage, souvent elle ne se rappelait plus, et elle ne comprenait d'ailleurs pas que je veuille savoir ce qu'étaient devenus ses parents, si elle avait eu des frères et sœurs, comment elle avait vécu à Berlin et ce qu'elle avait fait dans l'armée. « Tu veux en savoir, des choses, garçon ! »

C'était pareil pour l'avenir. Naturellement, je ne faisais pas des projets de mariage et de famille. Mais je m'intéressais plus aux relations de Julien Sorel avec Mme de Rênal qu'avec Mathilde de La Mole. Je voyais plus volontiers Félix Krull dans les bras de la mère que de la fille. Ma sœur, qui faisait des études de littérature allemande, évoqua à table la question controversée de savoir si Goethe et Mme de Stein avaient eu une liaison, et la famille fut sidérée de m'entendre opter pour l'affirmative, arguments à l'appui. J'imaginais ce que pourrait être notre relation dans cinq ou dix ans. Je demandais à Hanna comment elle l'imaginait. Elle n'avait même pas envie de prévoir jusqu'à Pâques, où je voulais partir en vacances avec elle à bicyclette. Nous pourrions prendre une seule chambre en nous faisant passer pour mère et fils, et passer toute la nuit ensemble.

Curieusement, cette idée et cette poposition ne me gênaient pas. Si j'avais voyagé avec ma mère, j'aurais tout fait pour avoir ma chambre. Que ma mère m'accompagne chez le médecin ou pour acheter un nouveau manteau, ou qu'elle vienne me chercher au retour d'un voyage, j'estimais que ce n'était plus de mon âge. Lorsque nous allions ensemble quelque part et que nous croisions des camarades de classe, j'avais peur qu'on croie que j'étais encore dans ses jupes. Mais me montrer avec Hanna, qui aurait pu être ma mère quoiqu'elle eût dix ans de moins, cela ne me faisait rien. J'en étais fier.

Lorsque aujourd'hui je vois une femme de trente-six ans, je la trouve jeune. Mais lorsque je vois un garçon de quinze ans, je vois un enfant. Je suis étonné de toute l'assurance que me donnait alors Hanna. Mon succès scolaire me valut l'attention des professeurs et me donna l'assurance de leur respect. Les filles que je rencontrais remarquaient et appréciaient que je n'eusse pas peur d'elles. Je me sentais bien dans mon corps.

Le souvenir illuminant mes premières rencontres avec Hanna et les fixant avec précision confond pourtant les semaines allant de notre conversation jusqu'à la fin de l'année scolaire. L'une des raisons en est la régularité de nos rendez-vous et de leur déroulement. Une autre raison est que jamais auparavant je n'avais eu des journées aussi bien remplies, que jamais encore ma vie n'avait été si rapide et si dense. Quand je repense au travail que j'abattis pendant ces semaines, j'ai l'impression de m'être mis à ma table et d'y être resté assis jusqu'à ce que j'eusse rattrapé tout ce que j'avais manqué pendant ma jaunisse, appris tout le vocabulaire, lu tous les textes, refait toutes les démonstrations mathématiques et reconstitué toutes les formules chimiques. L'histoire de la République de Weimar et du Troisième Reich, je la connaissais déjà par mes lectures de malade. Et puis nos rendez-vous sont dans ma mémoire comme un seul long rendez-vous. Depuis notre conversation, ils avaient toujours lieu l'après-midi : quand elle était de l'équipe du soir, de trois heures à quatre heures et demie, sinon à cinq heures et demie. Le dîner était à sept heures, et au début Hanna insistait pour que j'y sois à l'heure dite. Mais au bout de quelque temps, une heure et demie ne nous suffit plus et je me mis à inventer des prétextes pour ne pas rentrer dîner à la maison.

C'est que je lui faisais la lecture. Le lendemain de notre conversation, Hanna avait voulu savoir ce que j'apprenais au lycée. Je lui parlai des poèmes homériques, des discours de Cicéron, et de l'histoire d'Hemingway sur le vieil homme et son combat avec le poisson et avec la mer. Elle voulut entendre à quoi ressemblaient le grec et le latin, et je lus à haute voix des passages de l'*Odyssée* et des *Catilinaires*.

« Tu fais aussi de l'allemand ?

— Qu'est-ce que tu veux dire ?

— Tu apprends seulement des langues étrangères, ou bien il reste aussi des choses à apprendre dans sa propre langue ?

— On lit des textes. » Pendant que j'étais malade, la classe avait étudié deux pièces, une de Lessing *Emilia Galotti* et une de Schiller *Intrigue et Amour,* sur lesquelles nous aurions bientôt une dissertation à faire. Il fallait donc que je lise ces deux textes, ce que je faisais quand le reste de mon travail était fini. Mais c'était en fin de journée, j'étais fatigué, et le lendemain je ne me rappelais plus ce que j'avais lu : il fallait que je recommence.

« Tu n'as qu'à me les lire !

— Lis-les toi-même, je te les apporterai.

— Tu as une si belle voix, garçon, je préfère t'écouter, plutôt que de lire moi-même.

— Oh, tu crois ? »

Mais quand j'arrivai le lendemain et voulus l'embrasser, elle se déroba. « Tu me fais d'abord la lecture. »

Elle parlait sérieusement. Je dus lui lire *Emilia Galotti* pendant une demi-heure avant qu'elle m'emmène sous la douche et dans son lit. Désormais, j'étais ravi de la douche. Le désir que j'éprouvais en arrivant était passé en lisant. Lire une pièce de façon que les divers personnages soient reconnaissables et vivants exige une certaine concentration. Sous la douche, le désir revenait. Lecture, douche, faire l'amour et rester encore un moment étendus ensemble, tel était le rituel de nos rendez-vous.

C'était une auditrice attentive. Son rire, ses soupirs de dédain et ses exclamations indignées ou enthousiastes ne laissaient aucun doute : elle suivait l'action avec passion, et considérait les deux héroïnes comme de petites dindes. L'impatience qu'elle mettait parfois à me demander de continuer tenait à ce qu'elle espérait que ces personnages allaient enfin, nécessairement, arrêter leurs bêtises. « Non, mais c'est pas possible ! » Quelquefois, j'avais moi-même très envie de poursuivre la lecture. Quand les jours allongèrent, je lus plus longtemps, pour être au lit avec elle au moment du crépuscule. Lorsqu'elle s'était endormie sur moi, que la scie dans la cour s'était tue, que le merle chantait et que, dans la cuisine, il ne restait plus de la couleur des objets que des tons de gris plus ou moins clairs ou sombres, j'étais parfaitement heureux.

10

Le premier jour des vacances de Pâques, je me levai à quatre heures. Hanna était de l'équipe du matin. Elle partait à quatre heures à bicyclette pour le dépôt, et à quatre heures et demie dans le premier tram pour Schwetzingen. À l'aller, m'avait-elle dit, la rame était souvent vide : elle ne se remplissait qu'au retour.

Je montai au deuxième arrêt. La seconde voiture était vide, Hanna était dans la première à côté du conducteur. J'hésitai entre les deux voitures et je me décidai pour celle de queue. Je comptais que nous y serions tranquilles, que nous pourrions nous embrasser. Mais Hanna ne vint pas me rejoindre. Elle n'avait pas pu ne pas me voir attendre à l'arrêt et monter. Mais elle resta avec le conducteur, à parler et à plaisanter avec lui. Je les voyais faire.

Arrêt après arrêt, le tram passait sans ralentir. Il n'y avait personne qui l'attendait. Les rues étaient désertes. Le soleil n'était pas levé, et sous le ciel blanc tout baignait dans une lumière pâle : immeubles, voitures garées, arbres à peine verdoyants et arbustes en fleurs, le gazomètre, les montagnes au loin. La rame roulait tranquillement ; l'horaire prévoyait sans doute les distances et les arrêts : comme ceux-ci n'avaient pas lieu, il fallait faire durer le parcours. J'étais enfermé dans ce lent convoi. D'abord je restai assis ; puis j'allai sur la plate-forme avant et regardai fixement Hanna ; il fallait qu'elle sente mon regard dans son dos. Au bout d'un moment elle se retourna et son regard m'effleura. Puis elle se remit à parler avec le conducteur. Le trajet se poursuivit. Après Eppelheim, les rails n'étaient plus sur la chaussée, mais le long de la route, sur un remblai de ballast. La rame roula plus vite, avec le bruit régulièrement rythmé d'un train. Je savais que la ligne traversait d'autres localités et aboutissait à Schwetzingen. Mais je me sentais exclu, expulsé du monde normal où les gens habitent, travaillent et aiment. Comme si j'étais condamné à un voyage sans fin ni but dans ce wagon vide.

J'aperçus alors un arrêt, un petit abri en pleine campagne. Je tirai le cordon qui permet au receveur de dire au conducteur de stopper ou de repartir. Le tram s'arrêta. Ni Hanna ni le conducteur ne s'étaient retournés à mon signal. Quand je descendis, je crus voir qu'ils me regardaient en riant. Mais je n'en étais pas sûr. Puis le tram repartit, et je le suivis des yeux jusqu'à ce qu'il disparaisse dans un vallonnement, puis derrière une colline. J'étais debout entre la voie et la route, tout autour s'étendaient des champs, des vergers, et plus loin des cultures maraîchères avec des serres. L'air était frais. Il était tout plein de pépiements d'oiseaux. Au-dessus des montagnes, le ciel blanc prenait un éclat rose.

Ce trajet en tram était comme un mauvais rêve. Si je n'avais pas un souvenir aussi net de son épilogue, je serais tenté de croire qu'effectivement ce fut un mauvais rêve. Être debout à l'arrêt, entendre les oiseaux et voir le soleil se lever, ce fut comme un réveil. Mais le réveil après un cauchemar n'est pas nécessairement un soulagement. Aussi bien, on se rend alors vraiment compte des horreurs qu'on a rêvées, voire des horribles vérités qui vous sont apparues en rêve. Je pris le chemin du retour, des larmes plein les yeux, et c'est seulement en atteignant Eppelheim que je réussis à m'arrêter de pleurer.

Je fis à pied tout le chemin jusqu'à la maison. Deux ou trois fois, j'essayai de faire de l'auto-stop, en vain. À mi-parcours, le tram me dépassa. Il était comble. Je ne vis pas Hanna.

Je l'attendis à midi sur son palier, triste, apeuré et furieux.

« Tu sèches encore la classe ?

— Je suis en vacances. Qu'est-ce qu'il y avait, ce matin ? » Elle ouvrit la porte, et je la suivis à l'intérieur, jusque dans la cuisine.

« Qu'est-ce que tu veux qu'il y ait eu ?

— Pourquoi as-tu fait comme si tu ne me connaissais pas ? Je voulais...

— J'ai fait comme si je ne te connaissais pas ? » Elle se retourna et me regarda froidement. « C'est toi qui m'as ignorée. Qui es monté dans la seconde voiture, alors que tu voyais bien que j'étais dans la première.

— Pourquoi crois-tu que je prends le tram pour Schwetzingen à quatre heures et demie du matin, le premier jour de mes vacances ? Pour te faire une surprise, parce que je croyais que ça te ferait plaisir. Je suis monté dans la seconde voiture...

— Le pauvre enfant ! Levé à quatre heures et demie, alors que c'est les vacances ! » Je ne l'avais jamais vue faire de l'ironie. Elle hocha la tête. « Est-ce que je sais pourquoi tu vas à Schwetzingen ? Est-ce que je sais pourquoi tu m'ignores ? C'est ton affaire, pas la mienne. Bon, tu t'en vas ? »

Je ne saurais décrire comme j'étais révolté. « C'est pas chic, Hanna. Tu savais, tu ne pouvais pas ne pas savoir que je n'étais là que pour toi. Comment peux-tu croire que j'ai voulu t'ignorer ? Si j'avais voulu t'ignorer, je ne serais pas venu.

— Ah, arrête. Je te l'ai déjà dit : ce que tu fais, c'est ton affaire, pas la mienne. » Elle s'était placée de telle sorte que la table de cuisine était entre nous ; son regard, sa voix, ses gestes me traitaient en intrus et m'invitaient à partir.

Je m'assis sur le canapé. Elle m'avait maltraité, et j'avais voulu lui demander des explications. Mais je n'avais pas réussi à l'atteindre. Au lieu de cela, c'est elle qui m'avait agressé. Et je commençais à perdre mon assurance. Peut-être avait-elle raison, pas objectivement, mais subjectivement ? M'avait-elle mal compris, éventuellement ? Ou inévitablement ? L'avais-je blessée, sans en avoir l'intention, contre mon intention, mais blessée tout de même ?

« Je suis désolé, Hanna. Tout s'est mal goupillé. Je n'ai pas voulu te blesser, mais tu as l'air...

— J'ai l'air ? Tu veux dire que j'ai l'air d'être blessée ? Tu ne peux pas me blesser, pas toi. Alors, tu te décides à partir ? Je rentre du travail, je veux prendre un bain, je veux avoir la paix. » Son regard m'ordonnait de partir. Comme je ne me levais pas, elle haussa les épaules, se retourna, fit couler l'eau dans la baignoire et se déshabilla.

Alors je me levai et je partis. Je pensai que je partais pour toujours. Mais au bout d'une demi-heure j'étais de nouveau à sa porte. Elle me laissa entrer, et je reconnus tous les torts. J'avais agi sans réfléchir, sans égards, sans amour. Je comprenais qu'elle fût blessée. Je comprenais qu'elle ne fût pas blessée, puisque je ne pouvais pas la blesser. Je comprenais que je ne puisse pas la blesser, mais qu'elle ne pouvait tout simplement pas admettre mon comportement. À la fin, je fus heureux qu'elle convienne que je l'avais blessée. Elle n'était donc tout de même pas aussi impassible et indifférente qu'elle avait voulu le faire croire.

« Tu me pardonnes ? »

Elle fit oui de la tête.

« Tu m'aimes ? »

Oui encore. « La baignoire n'est pas vidée. Viens, je vais te donner ton bain. »

Plus tard, je me suis demandé si elle avait laissé l'eau dans la baignoire parce qu'elle savait que je reviendrais. Si elle s'était déshabillée parce qu'elle savait que ça me resterait en tête et me ferait revenir. Si elle avait seulement voulu gagner une partie de bras de fer. Quand après l'amour nous restâmes étendus côte à côte et que je lui racontai pourquoi j'étais monté dans la seconde voiture et pas dans la première, elle me taquina. « Tu veux qu'on le fasse même dans le tramway ? Eh bien, dis donc, garçon ! » Comme si la cause de notre dispute était en somme sans importance.

Mais le résultat eut de l'importance. Je n'avais pas seulement perdu cette bataille. J'avais capitulé après un bref combat dès qu'elle avait menacé de me repousser, de m'échapper. Au cours des semaines suivantes, je n'ai même pas risqué de bref combat. À la moindre menace, je capitulais aussitôt sans condition. J'acceptais tous les torts. J'avouais des fautes que je n'avais pas commises, reconnaissais des intentions que je n'avais jamais eues. Lorsqu'elle devenait froide et dure, je mendiais pour qu'elle redevienne gentille, qu'elle me pardonne, qu'elle m'aime. Parfois j'avais le sentiment qu'elle souffrait elle-même de ses accès de froideur et de raideur. Comme si elle avait besoin de la chaleur de mes excuses, de mes protestations, de mes adjurations. Parfois je pensais que, tout simplement, elle triomphait de moi. Mais de toute façon je n'avais pas le choix.

Je ne pouvais pas en parler avec elle. Parler d'une dispute en entraînait une autre. Une ou deux fois, je lui écrivis de longues lettres. Mais elle ne réagit pas, et quand je l'interrogeai, elle riposta : « Tu recommences ? »

11

Non que Hanna et moi n'ayons plus été heureux après ce premier jour des vacances de Pâques. Jamais nous ne fûmes plus heureux que pendant ces semaines d'avril. Si apparemment futile que fût cette première dispute, si dissimulée notre dissension — tout nous était bon pour lancer notre rituel : lecture à haute voix, se doucher, faire l'amour, rester allongés ensemble. De plus, en prétendant que c'était moi qui n'avais pas voulu la voir, elle s'était lié les mains. Si je voulais me montrer en sa compagnie, elle ne pouvait pas élever d'objection de principe. Elle n'avait pas envie de s'entendre dire : « Donc c'est bien toi qui ne voulais pas être vue avec moi ! » C'est ainsi que nous partîmes à bicyclette pendant la semaine de Pâques : quatre jours entre Wimpfen, Amorbach et Miltenberg.

Je ne sais plus ce que j'ai raconté à mes parents. Que je faisais cette virée avec mon ami Matthias ? Avec un groupe ? Que j'allais rentre visite à un ancien camarade de classe ? Il est probable que ma mère se fit du souci, comme toujours, et que mon père, comme toujours, estima qu'elle n'avait pas de raison de s'en faire. Est-ce que je ne venais pas de passer dans la classe supérieure, alors que personne n'avait cru que j'y arriverais ?

Pendant que j'étais malade, je n'avais pas dépensé mon argent de poche. Mais si je voulais payer aussi pour Hanna, cela ne suffirait pas. Je décidai donc d'aller vendre ma collection de timbres dans la boutique de philatélie près de l'église du Saint-Esprit, la seule où il était dit sur la porte qu'on y achetait des collections. Le marchand feuilleta mes albums et m'offrit soixante marks. J'arguai du joyau de ma collection, un timbre égyptien à bords droits figurant une pyramide, qui valait quatre cents marks au catalogue. L'homme haussa les épaules : si je tenais tant à ma collection, il valait peut-être mieux que je la garde. D'ailleurs, est-ce que j'avais le droit de la vendre ? Qu'en disaient mes parents ? Je tentai de marchander. Si le timbre à la pyramide était sans valeur, je préférais le garder. Mais l'homme, alors, ne me donnait plus que trente marks. C'est donc que le timbre à la pyramide avait tout de même de la valeur ? Pour finir, j'obtins soixante-dix marks. Je me sentis escroqué, mais cela m'était égal.

Je n'étais pas le seul à être excité par ce voyage. À mon grand étonnement, Hanna se montra nerveuse plusieurs jours à l'avance. Elle se demandait ce qu'elle allait emporter et ne cessait de faire et de défaire ses bagages : les sacoches et le sac à dos que je lui avais procurés. Quand je lui montrai sur la carte l'itinéraire que j'avais mis au point, elle ne voulut rien entendre ni rien voir. « Je suis trop excitée, maintenant. Je suis sûre que tu as bien choisi, garçon. »

Nous prîmes la route le lundi de Pâques. Le soleil brillait, et il brilla quatre jours durant. Les matinées étaient fraîches, et dans la journée la chaleur venait, pas trop forte pour des cyclistes, mais suffisante pour pique-niquer. Les forêts étaient des tapis dans les tons verts, avec des taches, des touches et des aplats jaune-vert, vert clair, vert bouteille, voire bleutés ou tirant sur le noir. Dans la plaine du Rhin fleurissaient déjà les premiers arbres fruitiers. Dans l'Odenwald, les forsythias s'épanouissaient tout juste.

Nous pouvions souvent rouler de front. Nous nous montrions alors ce que nous voyions : le château fort, le pêcheur à la ligne, le bateau sur le fleuve, la tente, la famille suivant la rive au pas de l'oie, la grosse voiture américaine décapotée. Lorsque nous changions de direction et de route, il fallait que je passe devant ; elle ne voulait pas s'occuper des directions et des routes. Sinon, quand il y avait trop de circulation, tantôt elle roulait derrière moi, tantôt moi derrière elle. Sur son vélo, les rayons et le pédalier étaient protégés, et elle portait une robe bleue à jupe ample qui flottait au vent. Il me fallut un moment pour ne plus avoir peur de voir la jupe se prendre dans les rayons ou le pédalier, et Hanna tomber. Après, je pris plaisir à la voir rouler devant moi.

Quelle joie je m'étais faite des nuits qui nous attendaient ! Je nous avais imaginés faisant l'amour, nous endormant, nous réveillant, refaisant l'amour, nous rendormant, nous réveillant, et ainsi de suite, nuit après nuit. Mais je ne me réveillai que la première nuit. Elle dormait sur le côté en me tournant le dos, je me penchai sur elle et l'embrassai, elle se tourna sur le dos et me prit en elle en me serrant dans ses bras. « Mon garçon, mon p'tit garçon. » Puis c'est moi qui m'endormis sur elle. Les autres nuits nous dormîmes d'un trait, fatigués par le vélo, le soleil et le vent. Nous fîmes l'amour le matin.

Hanna ne me laissait pas seulement choisir les directions et les routes. C'est moi qui cherchais les hôtels où passer la nuit, qui remplissais (mère et fils) les fiches qu'elle n'avait plus qu'à signer, et qui choisissais les plats sur la carte non seulement pour moi mais pour elle. « J'aime, pour une fois, ne me soucier de rien. »

Notre seule dispute eut lieu à Amorbach. Je m'étais réveillé tôt, m'étais habillé sans faire de bruit et avais quitté la chambre en silence. Je voulais monter le petit déjeuner, et aussi voir si je trouvais un fleuriste déjà ouvert, pour rapporter une rose à Hanna. Je lui avais laissé un mot sur la table de nuit : « Bonjour ! Je vais chercher le déjeuner, je reviens tout de suite... » Quelque chose comme ça. Quand je revins, elle était debout dans la chambre, à moitié habillée, tremblant de rage et blême.

« Comment peux-tu partir comme ça ! »

Je posai le plateau du petit déjeuner et la rose, et je voulus la prendre dans mes bras. « Hanna...

— Ne me touche pas. » Elle tenait à la main la mince ceinture de cuir qu'elle mettait sur sa robe, elle recula d'un pas et m'en fouetta le visage. Cela m'ouvrit la lèvre, et je sentis le goût du sang. Cela ne faisait pas mal. J'étais terriblement effrayé. Son bras repartit pour frapper encore.

Mais elle n'en fit rien. Elle laissa retomber son bras, lâcha la ceinture et se mit à pleurer. Je ne l'avais jamais vue pleurer. Son visage perdait toute forme. Yeux écarquillés, bouche grande ouverte, les paupières gonflées dès les premières larmes, des taches rouges sur les joues et le cou. Sa bouche émettait des sons rauques et éraillés, un peu comme son cri silencieux dans l'amour. Elle restait plantée là et me regardait à travers ses larmes.

J'aurais dû la prendre dans mes bras. Mais je ne pouvais pas. Je ne savais que faire. Chez nous, on ne pleurait pas comme ça. On ne frappait pas, ni de la main ni encore moins avec une courroie de cuir. On parlait. Mais que fallait-il que je dise ?

Elle fit deux pas vers moi, se jeta contre ma poitrine, me martela de ses poings, se cramponna à moi. Alors je pus la tenir. Ses épaules tressautaient, elle cognait son front contre ma poitrine. Puis elle poussa un grand soupir et se pelotonna dans mes bras.

« On déjeune ? » Elle s'écarta. « Mon Dieu, garçon, de quoi tu as l'air ! » Elle prit une serviette mouillée et m'essuya la bouche et le menton. « Et ta chemise est pleine de sang. » Elle me l'enleva, puis mon pantalon, puis elle se déshabilla, et nous fîmes l'amour.

« Alors, qu'est-ce qui s'est passé ? Pourquoi tu étais si furieuse ? » Nous étions couchés dans les bras l'un de l'autre, si comblés et si heureux que je crus que tout allait s'expliquer.

« Ce qui s'est passé, ce qui s'est passé ! Tu as de ces questions idiotes ! Tu ne peux pas t'en aller comme ça.

— Mais je t'avais laissé un mot...

— Un mot ? »

Je m'assis sur le lit. Le papier n'était plus sur la table de nuit. Je me levai, cherchai à côté de la table de nuit, en dessous, regardai sous le lit, dans le lit. je ne le trouvai pas. « Je ne comprends pas. Je t'avais laissé un mot, disant que j'allais chercher le petit déjeuner et que je revenais tout de suite.

— Ah bon. Je ne le vois pas.

— Tu ne me crois pas ?

— Je veux bien te croire. Mais je ne vois pas de mot. »

Nous arrêtâmes là la dispute. Y avait-il eu un coup de vent qui avait emporté le papier je ne sais où, nulle part ? Est-ce que tout cela était un malentendu, sa fureur, ma lèvre fendue, son visage défait, mon désarroi ?

Aurais-je dû chercher plus loin, chercher le papier, chercher la cause de la fureur d'Hanna, la cause de mon désarroi ? « Lis-moi quelque chose, garçon ! » Elle se serra contre moi, et je saisis le *Propre à rien* d'Eichendorff et repris ma lecture là où je l'avais laissée la dernière fois. Le *Propre à rien* était plus facile à lire à haute voix qu'*Emilia Galotti* et *Intrigue et Amour*. Hanna suivait une fois encore avec un intérêt passionné. Elle aimait les poèmes qui émaillent le récit. Elle aimait ces déguisements, ces quiproquos, ces complications et ces poursuites dans lesquelles le héros s'embrouille quand il est en Italie. En même temps, elle lui en voulait d'être un propre à rien, de ne rien faire de bon, de n'être capable de rien et de ne pas vouloir changer. Elle était tiraillée et, des heures après la fin de ma lecture, elle était capable de me poser encore des questions : « Employé d'octroi, c'était pas un bon métier ? »

De nouveau, le récit de notre dispute a pris une telle place que je veux aussi raconter notre bonheur. Cette dispute a rendu notre relation plus intense. Je l'avais vue pleurer ; Hanna qui pleurait m'était plus proche qu'une Hanna qui n'était que forte. Elle se mit à montrer un côté doux que je ne connaissais pas. Elle ne cessait de regarder ma lèvre fendue et de la toucher délicatement, jusqu'à ce quelle soit guérie.

Nous nous aimions autrement. Longtemps, je lui avais laissé toute initiative, je l'avais laissée prendre possession de moi. Ensuite, j'avais appris moi aussi à prendre possession d'elle. Pendant notre randonnée et par la suite, nous n'avons plus pris seulement possession l'un de l'autre.

J'ai là un poème que j'ai écrit à l'époque. En tant que poème, il ne vaut rien. J'étais alors passionné de Rilke et de Benn, et je me rends compte que je voulais imiter les deux à la fois. Mais je me rends compte aussi à quel point nous étions proches l'un de l'autre à l'époque. Voici le poème :

> Quand nous nous ouvrons
> toi à moi et moi à toi,
> quand nous plongeons
> en moi toi et moi en toi,
> quand nous mourons
> toi moi en moi toi en.
>
> Alors
> je suis moi
> et tu es toi.

12

Alors que je n'ai aucun souvenir des mensonges qu'il me fallut servir à mes parents pour pouvoir partir avec Hanna, je me souviens du prix que j'eus à payer pour pouvoir rester seul à la maison pendant la dernière semaine des vacances de Pâques. Je ne sais plus pour où mes parents partaient avec ma grande sœur et mon grand frère. Le problème était ma petite sœur. Il avait été entendu qu'elle irait dans la famille d'une amie. Mais si je restais à la maison, elle voulait rester aussi. Et mes parents ne voulaient pas. Donc il fallait moi aussi que j'aille chez un ami.

Rétrospectivement, je trouve impressionnant que mes parents aient été prêts à laisser seul dans la maison pendant une semaine un garçon de quinze ans. Avaient-ils remarqué l'autonomie que j'avais gagnée depuis que j'avais rencontré Hanna ? Ou bien avaient-ils simplement enregistré qu'en dépit de plusieurs mois de maladie j'étais passé dans la classe supérieure, et en avaient-ils déduit que j'étais plus responsable et plus digne de confiance qu'il n'y avait paru jusque-là ? Je ne me rappelle pas non plus qu'ils m'aient demandé des explications pour les nombreuses heures que je passais alors auprès d'Hanna. Ils admettaient manifestement qu'ayant recouvré la santé je veuille être beaucoup avec mes amis, pour travailler avec eux ou pour passer mon temps libre. En plus, quatre enfants sont une meute, et l'attention des parents ne se porte pas sur tous ses membres, elle s'y concentre sur ce qui pose des problèmes dans le moment. J'en avais posé suffisamment longtemps ; mes parents étaient soulagés que j'aille de nouveau bien et que je ne redouble pas.

Quand je demandai à ma petite sœur ce qu'elle voulait pour aller chez son amie pendant que je resterais à la maison, elle me dit « un jean » (on disait alors « des blue-jeans ») et un « Nicki », un pull en velours. Je compris cela. Le jean était encore à l'époque une chose originale et chic, qui en plus vous promettait d'échapper aux complets-vestons à petits chevrons ou aux robes à fleurs. De même que je devais porter les affaires de mon oncle, ma petite sœur devait porter celles de son aînée. Seulement, je n'avais pas d'argent.

« T'as qu'à les piquer ! » Elle me dit ça tout tranquillement.

Ce fut d'une simplicité étonnante. J'essayai plusieurs jeans, j'en emportai un de sa taille dans la cabine d'essayage, et je sortis du magasin en l'emportant plaqué sur mon ventre à l'intérieur de mon ample pantalon de costume. Je fauchai le Nicki au Prisunic : un jour, nous allâmes flâner, ma sœur et moi, au rayon vêtements jusqu'à ce que nous ayons repéré le bon stand et le bon Nicki, et le lendemain j'allai droit au rayon en question, fourrai le pull sous mon veston et ressortis du même pas rapide et décidé. Le lendemain encore, je piquai pour Hanna une chemise de nuit en soie, un inspecteur me vit, je courus comme un dératé et je ne lui échappai que de justesse. Je ne mis plus les pieds dans ce grand magasin pendant des années.

Depuis nos nuits ensemble pendant notre randonnée, je me languissais d'elle chaque nuit, je voulais la sentir à côté de moi, me blottir contre elle, sentir mon ventre contre ses fesses et ma poitrine contre son dos, mettre ma main sur ses seins, étendre le bras et la trouver quand je me réveillais dans la nuit, passer une jambe sur ses jambes et presser mon visage sur son épaule. Une semaine seul à la maison, ce furent sept nuits avec Hanna.

Un soir, je l'ai invitée et je lui ai fait à dîner. Elle se tint debout dans la cuisine tandis que je mettais la dernière main au repas. Elle se tint debout à la double porte vitrée ouverte entre salon et salle à manger pendant que je mettais le couvert. Elle s'assit à la table ronde à la place de mon père. Elle regardait où elle était.

Son regard palpait tout, les meubles Biedermeier, le piano à queue, l'horloge ancienne, les tableaux, les rayons de livres, la vaisselle et les couverts sur la table. L'ayant laissée seule pour finir de préparer le dessert, je ne la retrouvai plus à table. Elle était allée d'une pièce à l'autre et je la vis debout dans le bureau de mon père. Je m'accotai sans bruit au chambranle et je l'observai. Son regard parcourait les rayonnages de livres qui couvraient les murs comme si elle avait lu un texte. Puis elle s'approcha d'un rayon et, à hauteur de sa poitrine, passa lentement l'index de sa main droite sur le dos des volumes, d'un bout à l'autre, continua de même au rayon suivant, livre après livre, tout autour de la pièce. Elle s'arrêta à la fenêtre, tournée vers l'obscurité, regardant le reflet des rayonnages et son propre reflet.

C'est l'une des images d'Hanna qui me sont restées. Je les ai mises en mémoire et je puis les projeter sur un écran intérieur et les y regarder, inchangées, intactes. Parfois je reste longtemps sans y penser. Mais elles me reviennent toujours à l'esprit, alors il peut se faire que je doive plusieurs fois de suite les projeter sur l'écran intérieur et les regarder. L'une d'elles, c'est Hanna enfilant ses bas dans la cuisine. Une autre, Hanna debout près de la baignoire et me tendant la serviette, bras écartés. Une autre encore, c'est Hanna à bicyclette, la robe flottant au vent. Et puis il y a l'image d'Hanna dans le bureau de mon père. Elle porte une robe à rayures bleues et blanches, ce qu'on appelait alors une robe chemisier, qui lui donne l'air très jeune. Elle vient de passer son doigt sur le dos des livres et de regarder par la fenêtre, et voilà qu'elle se retourne vers moi, assez vite pour qu'un instant la jupe fasse le rond autour de ses jambes avant de tomber droit à nouveau. Son regard est las.

« Ces livres, ton père les a juste lus, ou bien il en a aussi écrit ? »

Je savais que mon père avait écrit un livre sur Kant et un autre sur Hegel, je les trouvai tous les deux et je les lui montrai.

« Lis-m'en un peu. Tu ne veux pas, garçon ?

— Je... » Je n'en avais pas envie, mais je ne voulais pas non plus lui refuser ça. Je pris le livre sur Kant et lui en lus un passage, sur l'analytique et la dialectique, que nous comprîmes aussi peu l'un que l'autre. « Ça suffit ? »

Elle me regarda comme si elle avait tout compris, ou bien comme si peu importait ce qu'on avait compris ou non. « Est-ce qu'un jour tu écriras toi aussi des livres comme ça ? »

Je secouai la tête.

« Tu écriras des livres différents ?

— Je ne sais pas.

— Tu écriras des pièces ?

— Je ne sais pas, Hanna. »

Elle hocha la tête. Ensuite, nous avons pris le dessert et puis nous sommes allés chez elle. J'aurais bien dormi avec elle dans mon lit, mais elle ne voulut pas. Elle se sentait chez moi comme une intruse. Elle ne le disait pas avec des mots, mais par la façon qu'elle avait de se tenir debout dans la cuisine ou à la porte vitrée, d'aller de pièce en pièce, de passer en revue les livres de mon père ou de dîner avec moi.

Je lui offris la chemise de nuit en soie. Elle était couleur aubergine, avec des bretelles minces, dégageant les épaules et les bras, et elle descendait aux chevilles. Le tissu était brillant et chatoyant. Hanna fut contente, souriante, rayonnante. Elle se pencha pour voir, tourna sur elle-même, dansa quelques pas, se regarda dans la glace, observa brièvement son reflet et se remit à danser. C'est aussi une image qui me reste d'Hanna.

13

J'ai toujours ressenti la rentrée scolaire comme une coupure. Le passage de troisième en seconde marqua une rupture particulièrement nette. Ma classe fut dissoute et répartie sur les trois classes parallèles. Un assez grand nombre d'élèves devant redoubler, de quatre classes on en fit trois plus nombreuses.

Le lycée où j'allais n'avait longtemps accueilli que des garçons. Lorsque des filles y furent admises, elles furent au début peu nombreuses, de sorte qu'on ne les répartit pas dans les classes parallèles : il n'y en eut d'abord que dans une seule classe, puis dans deux et dans trois, jusqu'à constituer un tiers des effectifs. Dans mon année, il n'y en avait pas encore assez pour en mettre aussi dans la quatrième section, la mienne. C'est aussi pour cela qu'on choisit de la dissoudre et de la répartir, plutôt qu'une des trois autres.

On ne nous apprit la nouvelle qu'à la rentrée. Le proviseur nous convoqua dans une salle pour nous annoncer la répartition. Avec six condisciples, nous gagnâmes ensuite, par les couloirs vides, notre nouvelle classe. On nous y assigna les places qui restaient libres, je me retrouvai au deuxième rang. C'étaient des tables individuelles, mais groupées en trois rangées de deux. J'étais dans celle du milieu, avec à ma gauche un camarade de l'année précédente, Rudolf Bargen, un poids lourd tranquille, bon joueur d'échecs et de hockey, avec qui je n'avais guère eu de rapports jusque-là, mais qui devint bientôt un bon copain. À ma droite, de l'autre côté de l'allée, c'étaient les filles.

Ma voisine la plus proche s'appelait Sophie. Cheveux bruns, yeux marron, bronzage estival, avec un petit duvet doré sur ses bras nus. Quand je me fus assis et regardai autour de moi, elle me sourit.

Je lui rendis son sourire. Je me sentais bien, j'étais content de recommencer dans une classe nouvelle, et qu'il y ait des filles. J'avais observé mes camarades de troisième : qu'il y eût des filles dans leur classe ou pas, ils en avaient peur, ils les évitaient et ils faisaient les malins devant elles ou bien ils les adoraient de loin. Moi, je connaissais les femmes, je savais être détendu, en camarade. Les filles aimaient ça. J'allais bien m'entendre avec elles, dans cette nouvelle classe, et du coup je plairais aussi aux garçons.

Est-ce que tout le monde est comme ça ? Quand

j'étais jeune, je me sentais toujours trop d'assurance ou pas assez. Ou bien je me trouvais incapable de rien, terne et nul, ou bien j'avais le sentiment d'être en somme assez réussi, et que tout allait forcément me réussir. Lorsque je me sentais sûr de moi, je venais à bout des pires difficultés. Mais le moindre échec suffisait à me convaincre que je ne valais rien. Ce n'est jamais le succès qui me rendait mon assurance ; quel qu'il fût, il restait lamentablement loin derrière les prouesses que j'attendais de moi et l'admiration que j'espérais d'autrui, et le sentiment de ce lamentable écart, ou au contraire la fierté de mon succès, dépendait de la façon dont j'allais. Avec Hanna, j'allais bien depuis des semaines — en dépit de nos différends et du fait que, constamment, elle me remettait à ma place et je m'humiliais. Et c'est ainsi que débuta aussi mon été dans ma nouvelle classe.

Je revois très bien la salle de classe : la porte devant à droite, sur le mur de droite la rangée des portemanteaux, du côté gauche les fenêtres côte à côte, donnant sur le Heiligenberg et d'où, quand on s'en approchait aux interclasses, on voyait la rue en bas, le fleuve et les prairies sur l'autre rive ; et en face de nous le tableau, le support où l'on accrochait les cartes et les planches, et puis la chaire avec son siège, sur une estrade haute d'un pied. Les murs étaient laqués jaune à hauteur de tête, blancs au-dessus, et deux globes dépolis pendaient du plafond. La classe ne contenait rien de surperflu, pas de photos, pas de plantes, pas de chaise en trop, pas d'armoire où l'on aurait oublié des livres, des cahiers ou des craies de couleur. Lorsque le regard errait, c'était vers la fenêtre ou pour observer à la dérobée voisins et voisines. Si Sophie s'apercevait que je la regardais, elle se tournait vers moi et me souriait.

« Berg, ce n'est pas parce que Sophia est un nom grec qu'il faut passer l'heure de grec à étudier votre voisine. Traduisez. »

Nous traduisions l'*Odyssée*. Je l'avais lue en traduction, je l'adorais et je l'adore aujourd'hui encore. Quand j'étais interrogé, il ne me fallait que quelques secondes pour m'y retrouver et pour traduire. Quand le professeur m'eut taquiné à propos de Sophie et que la classe eut fini de rire, c'est autre chose qui me fit bafouiller. Comment me représenter Nausicaa, semblable aux immortels par l'allure et la beauté, virginale et aux bras blancs : sous les traits d'Hanna ou de Sophie ? Ce ne pouvait être que l'une des deux.

14

Lorsque, sur les avions, les moteurs sont en panne, ce n'est pas la fin du vol. Les avions ne tombent pas du ciel comme des pierres. Ils continuent en vol plané, pendant une demi-heure à trois quarts d'heure quand il s'agit des énormes avions de ligne à plusieurs réacteurs, pour ne s'écraser qu'au moment où ils tentent d'atterrir. Les passagers ne s'aperçoivent de rien. Moteurs coupés, le vol ne donne pas une sensation différente de quand ils marchent. Cela fait moins de bruit, mais juste un peu moins : c'est l'air, fendu par la carlingue et les ailes, qui fait plus de bruit que les réacteurs. À un moment, par les hublots, la terre ou la mer apparaît dangereusement proche. Ou bien on passe un film, et stewards et hôtesses ont baissé les rideaux. Peut-être les passagers trouvent-ils même ce vol un peu plus silencieux particulièrement agréable.

Cet été-là fut la descente en vol plané de notre amour. Ou plutôt de mon amour pour Hanna ; de son amour pour moi, je ne sais rien.

Nous avons maintenu notre rituel : lecture à haute voix, se doucher, faire l'amour, rester étendus ensemble. Je lui ai lu *Guerre et Paix,* avec tous les développements de Tolstoï sur l'histoire, les grands hommes, la Russie, l'amour et le mariage, cela a bien dû prendre quarante à cinquante heures. De nouveau, Hanna a suivi le déroulement du livre avec un intérêt passionné. Mais ce fut autrement que d'habitude ; elle gardait pour elle ses jugements, ne faisait pas de Natacha, André et Pierre des éléments de son univers, comme elle l'avait fait de Louise et d'Emilia : elle entrait dans leur univers comme on entame avec étonnement un long voyage ou la visite d'un château où l'on est admis, où l'on a le droit de séjourner, avec lequel on se familiarise, mais sans toutefois surmonter complètement sa timidité. Ce que je lui avais lu jusque-là, je le connaissais déjà. *Guerre et Paix*, je le découvrais moi aussi. Nous fîmes ensemble ce voyage lointain.

Nous nous inventâmes l'un à l'autre des petits noms affectueux. Elle se mit à ne plus m'appeler seulement « garçon », mais à me donner des diminutifs ou des noms comme « grenouille », « crapaud », « bichon », « caillou », « ma rose ». Je m'en tenais à Hanna, jusqu'au jour où elle me demanda : « À quel animal penses-tu quand tu me tiens dans tes bras, que tu fermes les yeux et que tu penses à des animaux ? » Je fermai les yeux et pensai à des animaux. Nous étions blottis l'un contre l'autre, ma tête contre son cou, mon cou contre ses seins, mon bras droit sous elle et sur son dos, mon bras gauche sur ses fesses. Je caressais des mains et des bras son dos large, ses cuisses dures, ses fesses fermes, et je sentais aussi la fermeté de ses seins et de son ventre contre mon cou et ma poitrine. Sa peau était lisse et douce, et son corps en dessous était énergique et solide. Ma main posée sur son mollet sentait un petit tressaillement constant des muscles. Cela me fit penser au frémissement de la peau des chevaux pour chasser les mouches. « À un cheval.

— Un cheval ? » Elle se détacha de moi, se redressa et me regarda. D'un air atterré.

« Ça ne te plaît pas ? Ce qui m'a fait penser à un cheval, c'est que c'est si bon de te toucher : tu as un corps lisse et doux, et en même temps ferme et plein d'énergie. Et puis parce que ton mollet tremblait. »

Elle regarda les muscles de son mollet. « Un cheval... » Elle secoua la tête. « Je ne sais pas... »

Cela ne lui ressemblait pas. D'habitude elle était tout d'une pièce, approuvant ou refusant tout net. En voyant son regard atterré, j'avais été prêt, s'il le fallait, à tout retirer, à m'accuser et à lui demander pardon. Mais là je tentai de la réconcilier avec le cheval. « Je pourrais te dire dada ou caballo ou bucéphalette. En disant cheval, je ne pense pas aux dents ou à la tête, ou à je ne sais quoi qui te déplaît, je pense à quelque chose de bon, de chaud, de doux, de fort. Tu n'es pas un petit lapin ou un petit chat ; et tigresse, ça a quelque chose de méchant que tu n'as pas. »

Elle se coucha sur le dos, les bras au-dessus de la tête ; c'est moi alors qui me redressai et la regardai. Elle regardait dans le vide. Au bout d'un moment elle tourna la tête vers moi. Elle avait une expression étrangement intense. « Si, j'aime bien que tu me dises cheval, ou d'autres noms de chevaux. Tu me les expliqueras ? »

Une fois, nous sommes allés au théâtre dans la ville voisine, voir *Intrigue et Amour*. C'était la première fois qu'Hanna allait au théâtre, et elle aima tout, de la représentation jusqu'à la coupe de champagne à l'entracte. Je la prenais par la taille et je me moquais de ce que les gens pouvaient penser de notre couple. J'étais fier que cela me soit égal. En même temps, je savais que cela ne m'aurait pas été égal dans ma ville natale. Le savait-elle aussi ?

Elle savait qu'en été ma vie ne tournait plus seulement autour d'elle, du lycée et de mon travail. De plus en plus souvent, quand j'arrivais chez elle en fin d'après-midi, je venais de la piscine. C'est là que se retrouvaient les filles et les garçons de ma classe, qu'ils faisaient leurs devoirs ensemble, jouaient au foot, au volley, aux cartes, et flirtaient. C'est là que se passait la vie sociale de la classe, et il était important pour moi d'y être et d'y participer. Le fait que, selon les horaires d'Hanna, j'arrivais après les autres ou partais plus tôt ne nuisait pas à mon prestige, cela me rendait intéressant. Je le savais. Je savais aussi que je ne ratais rien, mais j'avais tout de même souvent le sentiment qu'il se passait Dieu sait quoi dès que je n'étais pas là. Je suis resté longtemps sans oser me demander si je préférais être à la piscine plutôt qu'auprès d'Hanna. Mais en juillet, pour mon anniversaire, on me fit une fête à la piscine et on me laissa partir à regret, pour que je retrouve une Hanna épuisée, qui me reçut de mauvaise humeur. Elle ignorait que c'était mon anniversaire. Quand je lui avais demandé la date du sien, elle m'avait dit que c'était le 21 octobre et ne m'avait pas demandé la date du mien. Au demeurant, elle n'était pas de plus mauvaise humeur que chaque fois qu'elle était épuisée. Mais cette humeur m'irrita, et je me dis que j'aurais mieux fait de rester à la piscine, que je regrettais les copines et les copains, l'insouciance de nos conversations, de nos plaisanteries, de nos jeux, de nos flirts. Je réagis à mon tour avec mauvaise humeur, nous nous disputâmes, Hanna me traita comme quantité négligeable, et ma peur revint de la perdre : je m'humiliai et m'excusai jusqu'à ce qu'elle me laisse la rejoindre. Mais j'étais plein de rancœur.

15

Alors j'ai commencé à la trahir.

Non que j'aie ébruité des secrets ou fait honte à Hanna. Je n'ai rien dit que j'aurais dû taire. J'ai tu ce que j'aurais dû dire. Je ne me suis pas rangé de son côté. Je sais que ce genre de reniement est une variante discrète de la trahison. De l'extérieur, impossible de voir si c'est un reniement ou une preuve de discrétion, une forme d'égard, une manière d'éviter la gêne et les désagréments. Mais celui qui agit de la sorte le sait très bien. Et le reniement sape une relation tout autant que les variantes spectaculaires de la trahison.

Je ne sais plus quand j'ai renié Hanna pour la première fois. De la camaraderie des après-midi d'été à la piscine naissaient des amitiés. Outre mon voisin immédiat, que je connaissais de l'ancienne classe, j'appréciais surtout, dans la nouvelle, Holger Schlüter, qui s'intéressait comme moi à l'histoire et à la littérature et qui devint bientôt un ami. Il ne tarda pas non plus à être ami avec Sophie, qui habitait quelques rues plus loin et en compagnie de laquelle, de ce fait, je me rendais à la piscine. Au début, je me dis que nous n'étions pas encore assez intimes pour que je leur parle d'Hanna. Ensuite, je ne trouvai pas la bonne occasion, le moment favorable, les mots qu'il fallait. Finalement, ce fut trop tard pour leur parler d'Hanna, pour la mettre sur le même plan que les autres secrets d'adolescents. Je me dis qu'en parler si tard ne pouvait que donner l'impression fausse que, si je m'étais tu aussi longtemps, c'était que nos relations étaient louches et que j'en avais honte. Mais j'avais beau me raconter ce genre de choses, je savais fort bien que je trahissais Hanna en faisant semblant de confier à mes amis ce qui comptait dans ma vie sans leur parler d'elle.

Ils remarquaient que je n'étais pas tout à fait franc, et cela n'arrangeait rien. Un soir que nous rentrions, Sophie et moi, nous essuyâmes un orage à la hauteur du Champ de Neuenheim, où il n'y avait pas encore, à l'époque, des bâtiments universitaires, mais des champs et des jardins. Nous nous réfugiâmes sous l'auvent d'un cabanon de jardin. Il y avait des éclairs, il tonnait, le vent soufflait en tempête et la pluie tombait dru en gouttes lourdes. En même temps, la température baissa d'au moins cinq degrés. Nous avions froid et je pris Sophie par les épaules.

« Dis-moi... » Elle ne se tourna pas vers moi, elle regardait la pluie.

« Oui ?

— Tu as été longtemps malade, n'est-ce pas, de la jaunisse. Est-ce que c'est ça qui te tracasse ? Est-ce que tu as peur de n'être pas vraiment guéri ? Les médecins ont dit quelque chose ? C'est à l'hôpital que tu vas tous les jours, pour une transfusion ou une piqûre ? »

Hanna, une maladie ! J'eus honte. Mais j'étais encore plus incapable de parler d'Hanna. « Non, Sophie. Je ne suis plus malade. Mon foie, d'après les analyses, est normal, et dans un an je pourrais même boire de l'alcool si je voulais, sauf que je ne veux pas. Ce qui me... » S'agissant d'Hanna, je ne pouvais pas dire : ce qui me tracasse. « Si j'arrive après les autres ou si je pars plus tôt, c'est pour une autre raison.

— Tu n'as pas envie d'en parler, ou bien est-ce que tu voudrais bien, mais que tu ne sais pas comment ? »

N'en avais-je pas envie, ou ne savais-je pas comment m'y prendre ? J'étais moi-même incapable de le dire. Mais tandis que nous étions là debout sous les éclairs, sous les craquements secs du tonnerre et sous les rafales de pluie, en train d'avoir froid ensemble et de nous réchauffer un peu mutuellement, j'eus le sentiment qu'à elle il faudrait, précisément à elle, parler d'Hanna.

Mais je n'en eus pas l'occasion.

16

Je n'ai jamais su ce que faisait Hanna lorsqu'elle n'était ni au travail ni avec moi. Si je posais la question, elle m'envoyait promener. Nous n'avions pas de vie commune : elle me concédait dans sa vie la place qu'elle voulait bien. Je n'avais qu'à m'en contenter. Si je voulais en avoir ou seulement en savoir davantage, c'était de la présomption. Lorsque nous étions particulièrement heureux ensemble et que, croyant que tout était donc possible et permis, je demandais, il pouvait arriver qu'elle élude la question au lieu de la récuser. « Tu veux en savoir, des choses, garçon ! » Ou bien elle prenait mes mains et les posait sur ses oreilles : « Tu arrêtes ? » Ou bien elle comptait sur ses doigts : « Il faut que je fasse la lessive, que je repasse, que je balaie, que j'astique, que je fasse les courses, que je fasse la cuisine, que je gaule les prunes, que je les ramasse, que je les rapporte à la maison et que j'en fasse vite de la confiture, sinon ce petit-là... », elle prenait le petit doigt de sa main gauche entre le pouce et l'index de sa main droite, « il les mangera à lui tout seul, comme dans la comptine ».

D'ailleurs, jamais je ne l'ai rencontrée par hasard dans la rue ou dans un magasin, ni au cinéma, où elle disait aller volontiers et souvent, et où les premiers mois je voulais toujours l'accompagner, sans qu'elle accepte jamais. Parfois nous parlions de films que nous avions vus l'un et l'autre. Elle allait au cinéma sans choisir, curieusement, et elle voyait de tout : depuis les films allemands sur la guerre ou sur le bon vieux temps, en passant par les westerns, jusqu'à la nouvelle vague, et moi j'aimais tout ce qui venait de Hollywood, du péplum au western. Dans ce dernier genre, nous adorions tous les deux celui où Richard Widmark joue un shérif qui doit affronter le lendemain un duel où il ne peut qu'être tué, et qui vient frapper le soir à la porte de Dorothy Malone, qui lui a vainement conseillé de fuir. Elle lui ouvre et dit : « Qu'est-ce que tu veux ? Ta vie entière en une nuit ? » Hanna me taquinait parfois quand j'arrivais chez elle plein de désir. « Qu'est-ce que tu veux ? Ta vie entière en une heure ? »

Je n'ai vu Hanna qu'une fois sans que nous ayons rendez-vous. C'était fin juillet ou début août, dans les derniers jours avant les grandes vacances.

Hanna avait été pendant des jours d'une humeur bizarre, changeante et autoritaire à la fois, mais je sentais en même temps que quelque chose l'oppressait, la tourmentait terriblement et la rendait susceptible et vulnérable. Elle se tenait, se retenait, comme pour s'empêcher d'éclater. Quand je lui demandais ce qui la tracassait, elle m'envoyait promener. Je ne le prenais pas bien. Mais tout de même je ne sentais pas seulement qu'elle me repoussait, je sentais son désarroi et j'essayais à la fois d'être là et de la laisser tranquille. Un jour, cette oppression disparut. Tout d'abord, je crus qu'Hanna était de nouveau comme elle avait toujours été. Une fois fini *Guerre et Paix,* nous n'avions pas tout de suite commencé un autre livre, j'avais promis de m'en occuper et j'avais apporté plusieurs livres entre lesquels choisir.

Mais elle ne voulut pas. « Laisse-moi te donner ton bain, garçon. »

Ce n'était pas la lourde chaleur estivale qui s'était posée sur moi dès mon entrée dans la cuisine comme un filet pesant. Hanna avait allumé le chauffe-eau. Elle fit couler l'eau, y versa quelques gouttes de lavande et me lava. Le tablier bleu pâle à fleurs qu'elle portait sans rien dessous collait à son corps en sueur, dans l'air chaud et moite. J'étais très excité. En faisant l'amour, j'eus le sentiment qu'elle voulait m'emmener vers des sensations dépassant tout ce que nous avions connu, jusqu'à ce que je n'en puisse plus. Et elle se donna aussi comme jamais. Non pas tout entière ; jamais elle ne se donna sans réserve. Mais ce fut comme si elle voulait se noyer avec moi.

« Maintenant, file retrouver tes amis. » Elle me renvoyait, et je partis. La chaleur était compacte entre les immeubles, elle recouvrait les champs et les jardins, elle tremblait au-dessus de l'asphalte. J'étais dans le vague. À la piscine, les cris des enfants qui jouaient et faisaient gicler l'eau parvenaient à mon oreille comme de très loin. De toute façon, je me sentais dans le monde comme si lui et moi n'avions rien à voir ensemble. Je plongeai dans l'eau laiteuse et javellisée sans éprouver le besoin de remonter. Puis, allongé près des autres, je les écoutai et trouvai leurs propos dérisoires et inconsistants.

À un moment, je dus reprendre mes esprits. À un moment, cela redevint un après-midi normal à la piscine, avec les devoirs, le volley, les bavardages et les flirts. Je n'ai aucun souvenir de ce que j'étais en train de faire lorsque je levai les yeux et la vis.

Elle était debout à vingt ou trente mètres, en short et chemisier ouvert noué à la taille, et regardait dans ma direction. Je la regardai à mon tour. À cette distance, je ne pus pas déchiffrer l'expression de son visage. Je ne me levai pas d'un bond pour courir vers elle. Des questions me traversèrent l'esprit : pourquoi est-elle à la piscine, est-ce qu'elle veut être vue de moi et avec moi, est-ce que j'ai envie d'être vu avec elle, jamais nous ne nous sommes rencontrés par hasard, que dois-je faire ?

Et puis je me suis levé. Durant le peu de temps où je la quittai des yeux, elle était partie.

Hanna en short et chemisier noué, le visage tourné vers moi sans que je puisse le déchiffrer — c'est aussi une image que j'ai d'elle.

17

Le lendemain, elle avait disparu. J'arrivai à l'heure habituelle et je sonnai. Je voyais à travers la porte, tout était comme d'habitude, j'entendais le tic-tac de l'horloge.

Je m'assis une fois de plus sur les marches de l'escalier. Les premiers mois, j'avais toujours su où et quand elle travaillait, même si j'avais renoncé à l'accompagner ou même à aller la chercher. À partir d'un certain moment, je ne lui avais plus posé la question, cela ne m'avait plus intéressé. Je ne m'en apercevais que maintenant.

De la cabine téléphonique de la Wilhelmplatz, j'appelai la compagnie des tramways et du funiculaire, on me passa successivement plusieurs postes et j'appris qu'Hanna Schmitz n'était pas venue travailler. Je retournai dans la rue de la Gare et, dans l'atelier de menuiserie, je m'enquis du propriétaire de l'immeuble. On me donna un nom et une adresse à Kirchheim. J'y allai.

« Mme Schmitz ? Elle n'habite plus là depuis ce matin.

« — Et ses meubles ?

— Ce ne sont pas ses meubles.

— Depuis quand habitait-elle ce logement ?

— Ça vous regarde ? » La femme m'avait répondu par le vasistas de sa porte, et elle le referma.

Dans les bureaux de la compagnie des tramways, je demandai et finis par trouver le bureau du personnel. Le responsable était aimable et soucieux.

« Elle a appelé ce matin, à temps pour que nous puissions organiser son remplacement, et elle a dit qu'elle ne viendrait plus. Plus du tout. » Il secoua la tête. « Il y a quinze jours, elle était assise là, sur cette chaise, et je lui ai offert une formation pour devenir conducteur. Et elle laisse tout tomber. »

C'est seulement quelques jours plus tard que j'ai eu l'idée d'aller à la police des meublés. Elle y avait déclaré partir pour Hambourg, sans donner d'adresse.

Pendant des jours, je fus très mal. Je veillai à ce que mes parents et mes frère et sœurs ne remarquent rien. À table, je parlai un peu, je mangeai un peu, et quand j'avais trop envie de vomir, j'arrivai jusqu'aux toilettes. J'allai au lycée et à la piscine. Là, je passais les après-midi dans un coin à l'écart, où personne ne venait me chercher. Mon corps avait le désir d'Hanna. Mais pire que le désir physique était le sentiment de faute. Pourquoi, lorsqu'elle était debout là, ne m'étais-je pas levé aussitôt pour courir vers elle ? Cette unique petite situation résumait pour moi ma tiédeur de ces derniers mois, qui m'avait fait la renier, la trahir. C'est pour m'en punir qu'elle était partie.

Parfois je tentais de me persuader que ce n'était pas elle que j'avais vue. Comment pouvais-je être sûr que c'était elle, puisque je n'avais pas vraiment vu son visage ? Si ç'avait été elle, est-ce que j'aurais pu ne pas le discerner clairement ? Donc, ne pouvais-je pas être sûr que ce ne pouvait pas avoir été elle ?

Mais je savais que c'était elle. Debout, me regardant — et c'était trop tard.

DEUXIÈME PARTIE

1

Après qu'Hanna eut quitté la ville, il me fallut
un moment avant de cesser de la chercher partout, avant de m'accoutumer à ce que les après-
midi aient perdu leur forme, avant de regarder les
livres et de les ouvrir sans me demander s'ils
convenaient à une lecture à haute voix. Il me fallut un moment pour que mon corps ne sente plus
le désir du sien ; parfois je m'apercevais qu'en dor-
mant mes bras et mes jambes la cherchaient, et
plus d'une fois mon frère révéla à table qu'en dor-
mant j'avais crié « Hanna ». Je me rappelle aussi
certaines heures de classe où je ne faisais que
rêver d'elle, que penser à elle. Le sentiment de
culpabilité qui m'avait torturé les premières
semaines se perdit. J'évitais son immeuble, je prenais d'autres itinéraires, et six mois plus tard ma
famille alla s'installer dans un autre quartier. Non
que j'aie oublié Hanna. Mais au bout d'un certain
temps, mon souvenir d'elle cessa de m'accompagner. Elle resta en arrière comme une ville quand

le train repart. Elle est là quelque part derrière vous, on pourrait s'y rendre et s'assurer qu'elle existe bien. Mais pourquoi ferait-on cela ?

Je me souviens des dernières années de lycée et des premières années d'université comme d'années heureuses. En même temps, je n'ai pas grand-chose à en dire. Elles furent faciles ; le bac et ensuite le droit, choisi par embarras, ne me pesèrent pas, pas plus que les amitiés, les amourettes et les ruptures : rien ne me pesait. Je trouvais tout facile et léger, rien n'avait de poids. Peut-être est-ce pour cela que le petit bagage de souvenirs est si mince. Ou bien est-ce que je le réduis ? Je me demande aussi si ces souvenirs heureux sont bien exacts. Lorsque j'y repense plus longuement, je me remémore un assez grand nombre de situations qui me font honte ou bien mal, et je sais que je m'étais certes détourné du souvenir d'Hanna, mais sans le surmonter. Ne plus humilier ni me laisser humilier, après Hanna, ne plus rendre coupable ni me sentir coupable, ne plus aimer personne au point que sa perte fasse mal : voilà ce qu'à l'époque, sans le penser clairement, j'ai très résolument ressenti.

J'adoptai une attitude de supériorité et d'assurance, je me donnai pour quelqu'un que rien ne touche, n'ébranle ni ne trouble. Je ne m'engageais d'aucune façon, et je me rappelle un enseignant qui vit clair dans mon jeu, voulut m'en parler et se fit rabrouer vertement. Je me souviens

100

aussi de Sophie. Peu après la disparition d'Hanna, on découvrit qu'elle était tuberculeuse. Elle passa trois ans en sana et revint juste comme je commençais mes études. Elle se sentait seule, cherchait à reprendre contact avec les amis d'avant, et je n'eus pas de mal à toucher son cœur. Quand nous eûmes couché ensemble, elle se rendit compte que je ne me souciais pas vraiment d'elle, et elle me dit en pleurant : « Qu'est-ce qui t'est arrivé, qu'est-ce qui t'est arrivé ? » Je me rappelle mon grand-père qui, lors d'une des dernières visites que je lui rendis avant qu'il meure, voulut me donner sa bénédiction et à qui je déclarai que je ne croyais pas à ces choses-là et que je n'y tenais pas. Que j'aie pu me sentir bien après ce genre de comportements, j'ai peine à l'imaginer. Je me souviens aussi que certains petits gestes d'affection me restaient en travers de la gorge : s'adressaient-ils à moi ou à quelqu'un d'autre ? Il suffisait parfois d'une scène de film. Même à moi, ce mélange de cynisme et de sensiblerie paraissait suspect.

2

J'ai revu Hanna en cour d'assises.

Ce n'était pas le premier des procès sur les camps de concentration, ni l'un des grands. Notre professeur à l'université, l'un des rares à l'époque qui travaillaient sur le passé nazi et sur les procès qui y avaient trait, avait fait de celui-là le sujet de son séminaire, en escomptant qu'avec l'aide d'étudiants il pourrait le suivre et l'étudier de bout en bout. Je ne sais plus ce qu'il entendait vérifier, confirmer ou réfuter. Je me souviens que dans ce séminaire on débattait de l'interdiction des condamnations rétroactives. Suffisait-il que le paragraphe motivant la condamnation des gardiens et bourreaux des camps eût figuré dans le code pénal dès l'époque de leurs actes, ou bien fallait-il tenir compte de la façon dont ce paragraphe était alors interprété et appliqué, et du fait que de tels actes n'y ressortissaient justement pas à l'époque ? Qu'est-ce que la légalité ? Ce qui est dans le code, ou ce qui est effectivement pratiqué et observé dans la société ? Ou bien est-ce ce qui, figurant dans le code ou pas, devrait être pratiqué et observé, si tout se passait normalement ? Notre professeur, un vieux monsieur revenu en Allemagne après avoir émigré, mais resté un non-conformiste de la science juridique, faisait montre, au cours de ces discussions, de toute sa science, mais en même temps du détachement de qui ne compte plus sur la science pour résoudre le problème. « Regardez les accusés : vous n'en trouverez pas un qui estime vraiment avoir eu à l'époque le droit de tuer. »

Le séminaire débuta en hiver, le procès au printemps. Cela dura des semaines. Les audiences avaient lieu du lundi au jeudi, et le professeur nous avait divisés en quatre groupes, chargés chacun du compte rendu intégral d'une journée. Le séminaire se réunissait le vendredi et travaillait à exploiter et à élucider ce qui s'était passé au cours de la semaine.

Élucidation ! L'élucidation du passé ! Nous considérions qu'en participant à ce séminaire, nous étions à l'avant-garde dans ce nécessaire travail. Ouvrant toutes grandes les fenêtres, nous faisions entrer l'air, le vent qui balaierait enfin la poussière que la société avait laissée recouvrir les horreurs du passé. Nous faisions en sorte qu'on respire et qu'on voie. Nous non plus, nous ne misions pas sur la science juridique. Il était clair à nos yeux qu'il fallait condamner. Et tout aussi clair que la condamnation de tel ou tel gardien ou bourreau des camps n'était que l'aspect extérieur du problème. Sur le banc des accusés, nous mettions la génération qui s'était servie de ces gardiens et de ces bourreaux, ou qui ne les avait pas empêchés d'agir, ou qui ne les avait pas rejetés, au moins, quand elle l'aurait dû après 1945 : c'est elle que nous condamnions, par une procédure d'élucidation du passé, à la honte.

Nos parents avaient joué sous le Troisième Reich des rôles très divers. Beaucoup de pères avaient fait la guerre, dont deux ou trois comme officiers dans la Wehrmacht et un dans les Waffen-SS ; quelques-uns avaient fait des carrières dans la justice et l'administration ; nous avions des enseignants et des médecins parmi nos parents, et l'un de nous avait un oncle qui avait été haut fonctionnaire au ministère de l'Intérieur du Reich. Je suis sûr que, pour autant que nous les interrogions et qu'ils nous répondaient, ils avaient à dire des choses fort diverses. Mon père ne voulait pas parler de lui. Mais je savais qu'il avait été privé de son poste de maître assistant de philosophie pour avoir annoncé un cours sur Spinoza, et qu'il avait gagné sa vie et la nôtre jusqu'à la fin de la guerre comme responsable éditorial dans une maison publiant des guides et des cartes de randonnée pédestre. Comment est-ce que j'en venais à le condamner à la honte ? Mais c'est ce que je faisais. Tous, nous condamnions nos parents à la honte, ne fût-ce qu'en les accusant d'avoir, après 1945, toléré les criminels à leurs côtés, parmi eux.

Nous, les étudiants de ce séminaire, nous développâmes une forte conscience de groupe. Nous « du séminaire sur les camps » : ce furent d'abord les autres étudiants qui nous appelèrent ainsi, puis nous-mêmes. Ce que nous faisions n'intéressait pas les autres ; beaucoup trouvaient cela étrange, et plus d'un carrément odieux. Je pense aujourd'hui que le zèle que nous mettions à découvrir l'horreur et à la faire connaître aux autres avait effectivement quelque chose d'odieux. Plus les faits dont nous lisions ou entendions le récit étaient horribles, plus nous étions convaincus de notre mission d'élucidation et d'accusation. Même lorsque ces faits nous coupaient le souffle, nous les brandissions triomphalement. Regardez !

C'est par simple curiosité que je m'étais inscrit à ce séminaire. Cela changeait du droit d'emption et de la responsabilité délictuelle, du codex saxon et des antiquités philosophiques. L'attitude de supériorité et d'assurance que j'avais adoptée, je ne la laissai pas à la porte du séminaire. Mais au cours de l'hiver, je pus de moins en moins rester sur mon quant-à-soi : je fus pris par les faits dont nous lisions et entendions le récit, et je fus pris par le zèle qui s'emparait du groupe. Je me persuadai d'abord que je voulais seulement partager un zèle scientifique, ou bien politique et moral. Mais je voulais davantage : je voulais partager le zèle collectif. Il se peut que les autres aient continué à me trouver distant et prétentieux. Je n'en ai pas moins éprouvé, pendant ces mois d'hiver, le sentiment réconfortant d'être intégré, et d'être en plein accord avec moi-même, avec ce que je faisais, et avec ceux avec qui je le faisais.

3

Le procès se déroulait dans une autre ville, à
une petite heure de voiture. Je n'avais rien à faire
là-bas, à part cela. C'est un autre étudiant qui
conduisait. Il avait grandi dans cette ville et la
connaissait.

C'était un jeudi. Le procès s'était ouvert le
lundi. Les trois premières audiences avaient été
consacrées aux demandes de récusation formulées
par les avocats. Nous étions le quatrième groupe,
qui devait assister aux interrogatoires d'identité et
donc au véritable début du procès.

Nous suivîmes la Bergstrasse, parmi les arbres
fruitiers en fleurs. Nous étions de belle humeur,
tout excités de pouvoir enfin mettre à l'épreuve
des faits notre travail de préparation. Nous nous
sentions plus que des spectateurs et auditeurs qui
allaient tout noter : regarder, entendre et noter,
c'étaient nos contributions au travail d'élucidation.

Le palais de justice était un édifice datant du

tournant du siècle, mais sans la pompe lugubre qui caractérise souvent les bâtiments judiciaires de l'époque. La salle où siégeait la cour d'assises avait sur la gauche une rangée de grandes fenêtres dont le verre dépoli empêchait de voir à l'extérieur, mais qui laissaient entrer beaucoup de lumière. Au pied des fenêtres siégeaient les représentants du ministère public : par les journées ensoleillées de printemps et d'été, on ne les voyait qu'en ombres chinoises. La cour, composée de trois juges en robes noires et de six jurés, siégeait au fond de la salle. À droite était le banc des accusés et de leurs avocats, dont le nombre avait obligé à avancer des tables et des chaises jusqu'au milieu de la salle, devant les rangées du public. Certains accusés et avocats nous tournaient le dos. Hanna était assise de dos. Je la reconnus seulement quand, appelée par son nom, elle se leva et s'avança. Naturellement, je reconnus tout de suite le nom : Hanna Schmitz. Puis je reconnus aussi la silhouette, la tête inhabituelle avec ces cheveux ramassés en chignon, le cou, les épaules larges et les bras robustes. Elle se tenait droite. Elle était bien campée sur ses jambes. Elle laissait ses bras pendre souplement. Elle portait une robe grise à manches courtes. Je la reconnaissais, mais je ne ressentais rien. Je ne ressentais rien.

Oui, elle préférait rester debout. Oui, elle était née le 21 octobre 1922 dans la banlieue d'Hermannstadt et avait quarante-trois ans. Oui, elle avait été à Berlin ouvrière chez Siemens, et s'était engagée à l'automne 1943 dans les SS.

« Vous êtes-vous engagée volontairement ?

— Oui.

— Pourquoi ? »

Hanna ne répondit pas.

« Est-il exact que vous vous soyez engagée dans les SS bien qu'on vous eût offert, chez Siemens, de passer contremaître ? »

L'avocat d'Hanna se dressa d'un bond. « Que signifie ce *bien que* ? Veut-on insinuer qu'une femme aurait dû préférer être contremaître chez Siemens plutôt que d'entrer dans les SS ? Rien ne justifie que le choix de ma cliente fasse l'objet d'une telle question. »

L'avocat se rassit. C'était le seul avocat qui fût jeune, les autres étaient âgés, certains étaient d'anciens nazis, comme on s'en aperçut bientôt. Le défenseur d'Hanna évitait leur jargon et leurs thèses. Mais il montrait un zèle fiévreux qui nuisait à sa cliente tout autant que les tirades national-socialistes de ses confrères nuisaient aux leurs. Il obtint certes que le juge, avec un regard irrité, renonce à demander encore à Hanna pourquoi elle s'était engagée dans les SS. Mais on garda l'impression qu'elle l'avait fait après mûre réflexion et sans y être contrainte. Un des assesseurs demanda à Hanna quel genre de travail elle s'attendait à trouver chez les SS, et elle répondit que les SS cherchaient à recruter, chez Siemens mais aussi dans d'autres entreprises, des femmes qui devaient être affectées à des fonctions de gardiennes, que c'est pour cela qu'elle s'était présentée et avait été engagée : cet échange n'atténua pas l'impression défavorable.

Le président se fit confirmer par Hanna, d'un mot à chaque question, qu'elle avait été affectée jusqu'au printemps 1944 à Auschwitz, puis jusque pendant l'hiver 1944-1945 dans un petit camp près de Cracovie, qu'elle en était partie avec les détenus en direction de l'ouest et qu'elle y était parvenue, qu'à la fin de la guerre elle s'était trouvée à Kassel, et que depuis elle avait vécu ici et là. Elle avait habité huit ans ma ville natale ; c'était la période la plus longue qu'elle avait jamais passée au même endroit.

« Ce changement fréquent de domicile constituerait-il une présomption de tentative de fuite ? » L'avocat affichait son ironie. « À chaque changement de domicile, ma cliente s'est signalée aux services de police comme tout citoyen. Rien ne dit qu'elle ait voulu fuir ni dissimuler quoi que ce soit. Est-ce en considération de la gravité des faits reprochés et en considération du risque d'outrage à la tranquillité publique que le juge d'instruction a estimé impossible de laisser ma cliente en liberté ? Ce motif d'incarcération, messieurs les juges et messieurs les jurés, est un motif nazi ; ce sont les nazis qui l'ont instauré, et il a été aboli après eux. Il n'existe plus. » L'avocat parlait avec la joie maligne de qui fait valoir une vérité dérangeante.

Je fus effrayé. Je m'aperçus que je ressentais l'incarcération d'Hanna comme naturelle et justifiée. Non pas à cause de la gravité de l'accusation ou du poids des présomptions, dont je ne savais encore rien de précis, mais parce que en cellule elle était ôtée de ma vie, enlevée de mon univers. Je la voulais très loin de moi, suffisamment inaccessible pour qu'elle demeure le simple souvenir qu'elle était devenue et restée pour moi ces dernières années. Si l'avocat parvenait à ses fins, il faudrait que j'affronte l'idée de la rencontrer, et il faudrait que je sache comment je voulais et devais le faire. Et je ne voyais pas comment il pourrait ne pas parvenir à ses fins. Si Hanna n'avait pas tenté jusque-là de s'enfuir, pourquoi tenterait-elle à présent de le faire ? Quelle preuve pouvait-elle dissimuler ? Or, c'étaient les seuls motifs de détention.

Le président manifesta de nouveau son irritation, et je commençai à comprendre que c'était sa tactique. Chaque fois qu'il trouvait qu'une déclaration constituait un obstacle gênant, il ôtait ses lunettes, enveloppait son interlocuteur de son regard vague de myope, plissait le front, puis ou bien il passait à autre chose, ou bien il commençait par « vous estimez donc » ou « vous voulez donc dire », et il répétait la déclaration d'une façon qui ne laissait aucun doute : il n'avait aucunement l'intention de la discuter, et il ne servirait de rien d'insister pour qu'il le fasse.

« Vous estimez donc que le juge d'instruction a faussement interprété le fait que l'accusée n'ait répondu à aucune lettre ni à aucune convocation, et qu'elle ne se soit présentée ni à la police, ni au procureur, ni au juge ? Vous entendez demander sa mise en liberté ? »

L'avocat formula la demande, et la cour la rejeta.

4

Je n'ai pas manqué un seul jour du procès. Les autres étudiants s'en étonnaient. Le professeur se félicitait que l'un de nous mette chaque groupe au courant de ce que le précédent avait vu et entendu.

Une seule fois, Hanna regarda vers le public et vers moi. Sinon, tous les jours d'audience, elle regardait vers les juges, quand elle était introduite par une fonctionnaire de police et une fois qu'elle était assise à sa place. C'était une attitude hautaine, comme sa manière de ne pas parler aux autres accusées et presque pas à son avocat. À vrai dire, les autres se parlaient de moins en moins, plus le procès durait. Pendant les suspensions d'audience, elles étaient avec des parents et des amis, à qui elles adressaient des signes et des saluts lorsqu'elles regardaient vers le public chaque matin. Hanna, pendant les pauses, restait assise à sa place.

Je la voyais donc de dos. Je voyais sa tête, son

cou, ses épaules. Je lisais sa tête, son cou, ses épaules. Lorsqu'il s'agissait d'elle, elle tenait la tête particulièrement haute. Lorsqu'elle se sentait traitée injustement, calomniée, attaquée, et qu'elle cherchait une réponse, elle roulait les épaules vers l'avant, et son cou se gonflait, faisant saillir les muscles. Ses ripostes échouaient régulièrement, et régulièrement ses épaules retombaient. Jamais elle ne haussait les épaules ni ne secouait la tête. Elle était trop tendue pour se permettre la facilité d'un haussement d'épaules ou d'un hochement de tête. Elle ne se permettait pas davantage de tenir la tête penchée, de la baisser ou de l'appuyer sur sa main. Elle se tenait comme gelée sur sa chaise. Rester assise ainsi devait faire mal.

Parfois son chignon serré laissait échapper des mèches qui venaient boucler sur le cou et flottaient dans un déplacement d'air. Parfois Hanna portait une robe assez décolletée pour qu'on voie le grain de beauté qu'elle avait en haut de l'épaule gauche. Je me rappelais alors que j'avais soufflé sur cette épaule pour en écarter des cheveux, que j'avais embrassé ce cou et ce grain de beauté. Mais ce souvenir, je ne faisais que l'enregistrer, je ne ressentais rien.

Tout au long des semaines que dura le procès, je ne ressentis rien : ma sensibilité était comme anesthésiée. Je la sollicitais de temps à autre en me représentant Hanna aussi nettement que possible en train de faire ce qui lui était reproché, et aussi dans les moments qu'évoquaient pour moi ces cheveux dans son cou et ce grain de beauté sur son épaule. C'était comme quand on pince son bras anesthésié par une piqûre. Le bras ne sait pas qu'il est pincé par la main, la main sait qu'elle pince le bras, et le cerveau est sur le moment incapable de distinguer les deux choses. Mais, le moment d'après, il y arrive très bien. Peut-être que la main a pincé si fort que ça laisse une trace blanche sur la peau. Puis le sang revient et la peau pincée reprend sa couleur. Mais la sensibilité ne revient pas pour autant.

Qui m'avait fait cette piqûre ? Moi-même, parce que sans anesthésie je n'aurais pas tenu le coup ? Je n'étais pas seulement anesthésié dans la salle d'audience, au point d'affronter la vue d'Hanna comme si ç'avait été un autre qui l'avait aimée et désirée, quelqu'un que j'aurais bien connu mais qui n'était pas moi. Tout le reste du temps aussi, j'étais debout à côté de moi et je me regardais : à l'université, en famille, avec mes amis, je fonctionnais mais intérieurement je ne participais à rien.

Au bout de quelque temps, je crus observer une anesthésie analogue chez les autres aussi. Pas chez les avocats, qui pendant tout le procès continuèrent de manifester la même combativité bruyante et pointilleuse, la même pédanterie incisive ou la même insolence tapageuse et rogue, selon leurs tempéraments personnels et poli-

115

tiques. Certes, le procès les épuisait ; le soir venu, ils étaient plus fatigués, ou encore plus criards. Mais la nuit les rechargeait ou les regonflait, et le lendemain ils tempêtaient et persiflaient de nouveau comme la veille. Les procureurs s'efforçaient d'être dans le même ton et de montrer jour après jour la même pugnacité. Mais ils n'y arrivaient pas, d'abord parce qu'ils étaient trop atterrés par les faits jugés et les révélations des débats, et ensuite parce que l'anesthésie commençait à agir. C'est sur les juges et les jurés qu'elle agissait le plus. Les premières semaines, au récit des atrocités qui leur étaient rapportées ou confirmées tantôt en pleurant, tantôt d'une voix qui s'étranglait, tantôt à toute allure, tantôt confusément, on voyait qu'ils étaient bouleversés ou qu'ils se forçaient à rester impassibles. Par la suite, ils reprirent des visages normaux, ils étaient capables de se glisser des remarques à voix basse en souriant, ou de marquer une légère impatience lorsqu'un témoin se perdait en digressions. Lorsque fut évoqué un déplacement en Israël, où il s'agissait d'aller recueillir la déposition d'une femme qui avait été témoin des faits, on sentit une bouffée d'humeur voyageuse. Ceux qui étaient à chaque fois de nouveau horrifiés, c'étaient les autres étudiants. Ils ne venaient qu'une fois par semaine à l'audience, et avaient droit chaque fois à l'événement que constitue l'irruption brutale de l'horreur dans le quotidien. Moi qui étais là tous les jours, j'observais leur réaction avec un certain recul.

Tout comme celui qui, dans un camp de concentration, a survécu mois après mois et s'est habitué, et enregistre froidement l'horreur qu'éprouvent les nouveaux arrivants. La perception qu'il en a est anesthésiée, comme celle qu'il a des morts et des meurtres quotidiens. Tous les textes des survivants témoignent de cette anesthésie, qui réduit les fonctions vitales, induit un comportement indifférent et sans scrupule, banalise le gaz et les fours. Et dans les maigres témoignages des bourreaux aussi, chambres à gaz et fours crématoires apparaissent comme un environnement banal, et les auteurs des atrocités sont eux-mêmes réduits à quelques fonctions, comme si, dans leur indifférence bornée et sans scrupule, ils étaient anesthésiés ou ivres. Les accusées me donnaient l'impression d'être encore prisonnières, et pour toujours, de cette anesthésie, d'y être comme pétrifiées.

Sur le moment déjà, lorsque cette communauté de l'anesthésie retint mon attention, et aussi le fait qu'elle ne pesait pas seulement sur les victimes et les bourreaux, mais également sur nous, juges ou jurés, procureurs ou preneurs de notes, lorsque je comparai ainsi les victimes, les bourreaux, les morts, les vivants, les survivants et ceux qui vivaient bien plus tard, je ne me sentis pas à mon aise, et je ne me sens pas à mon aise aujourd'hui non plus.

A-t-on le droit de faire ce genre de comparaison ? Quand je l'esquissais dans une conversation, certes je soulignais toujours qu'en la faisant je ne minimisais pas la différence entre être jeté de force dans ce monde concentrationnaire et le rejoindre, entre souffrir et faire souffrir : que cette différence était, bien au contraire, d'une importance énorme et décisive. Mais même lorsque je disais cela d'emblée, sans attendre l'objection de mes interlocuteurs mais en prévenant leurs réactions, je me heurtais à leur consternation ou à leur indignation.

En même temps, je me demande, et je commençais déjà à me demander à l'époque ce que devait, ce que doit faire en vérité ma génération, celle de gens vivants à une époque ultérieure, des informations sur les atrocités de l'extermination des Juifs. Nous ne devons pas nous imaginer comprendre ce qui est inconcevable ; nous n'avons pas le droit de comparer ce qui échappe à toute comparaison ; nous n'avons pas le droit de questionner, car celui qui le fait, même s'il ne met pas les atrocités en doute, en fait néanmoins un objet de communication, au lieu de les prendre comme une chose devant laquelle on ne peut que s'imposer le silence de l'horreur, de la honte et de la culpabilité. Est-ce que nous n'avons qu'à nous imposer ce silence de l'horreur, de la honte et de la culpabilité ? À quelle fin et jusqu'à quel terme ? Non que le zèle qui m'avait poussé à participer à ce séminaire, pour affronter et élucider le passé, se soit tout simplement perdu au cours du procès. Mais enfin l'on condamnait et châtiait quelques rares individus, tandis que nous, la génération suivante, nous nous renfermions dans le silence de l'horreur, de la honte et de la culpabilité : et voilà, c'était tout ?

5

La deuxième semaine, on lut l'acte d'accusa-tion. Sa lecture prit une journée et demie : une journée et demie de phrases au conditionnel. L'accusée numéro un aurait..., en outre elle aurait..., elle aurait de surcroît..., de ce fait elle tomberait sous le coup du paragraphe tant..., d'autre part le fait que et le fait que..., enfreignant ainsi la loi et se rendant coupable de... L'accusée numéro quatre était Hanna.

Les cinq accusées étaient surveillantes dans un petit camp près de Cracovie, qui dépendait d'Auschwitz. Elles y avaient été mutées d'Ausch-witz au printemps 1944, en remplacement de sur-veillantes tuées ou blessées par une explosion dans l'usine où travaillaient les déportées. L'un des chefs d'accusation concernait leur comportement à Auschwitz, mais il était éclipsé par les autres. Je ne sais plus quel il était. Est-ce qu'il ne concernait pas du tout Hanna, mais uniquement les autres femmes ? Était-il peu important, relativement aux autres chefs d'accusation ou même dans l'absolu ? Ou bien était-il tout simplement intolérable, quand quelqu'un avait été à Auschwitz et passait en justice, de ne pas l'accuser pour son comportement à Auschwitz ?

Naturellement, les cinq accusées n'étaient pas à la tête du camp. Celui-ci avait un commandant et comportait des corps de garde et d'autres surveillantes. La plupart des SS et des surveillantes n'avaient pas survécu aux bombes qui s'étaient abattues une nuit sur le convoi en marche vers l'ouest. Quelques autres avaient déserté cette même nuit et avaient disparu dans la nature tout comme le commandant, qui avait filé dès le moment où le convoi s'était mis en route vers l'ouest.

Aucune des déportées n'aurait en fait dû survivre à cette nuit de bombardement. Mais il y avait néanmoins deux survivantes, une mère et sa fille, et celle-ci avait écrit un livre, publié en Amérique, sur le camp et sur le convoi vers l'ouest. La police et le ministère public avaient retrouvé non seulement les cinq accusées, mais aussi quelques témoins, habitants du village où les bombes avaient stoppé le convoi vers l'ouest. Les principaux témoins étaient la fille, qui était venue en Allemagne, et sa mère, restée en Israël. Pour entendre celle-ci, les juges, les procureurs et les avocats se transportèrent en Israël, et c'est le seul épisode du procès auquel je n'ai pas assisté.

L'un des principaux chefs d'accusation concernait les sélections dans le camp. Chaque mois arrivaient d'Auschwitz une soixantaine de nouvelles déportées, et on en renvoyait le même nombre, diminué de celui des femmes mortes entre-temps. Il était clair pour tout le monde que ces femmes renvoyées à Auschwitz y seraient mises à mort ; c'étaient celles qui n'étaient plus en état de travailler à l'usine. Dans cette usine de munitions, le travail proprement dit n'était pas pénible, mais en fait les femmes y faisaient surtout autre chose : reconstruire, réparer les dégâts importants causés par l'explosion du printemps.

L'autre principal chef d'accusation concernait la nuit du bombardement où tout s'était terminé. Les SS et les surveillantes avaient enfermé les déportées, plusieurs centaines de femmes, dans l'église d'un village que la plupart de ses habitants avaient abandonné. Il ne tomba que quelques bombes, peut-être destinées à une voie ferrée proche ou à une usine, ou peut-être seulement larguées parce qu'elles restaient d'un raid sur une grande ville. L'une d'elles tomba sur le presbytère où dormaient les SS et les surveillantes. Une autre atteignit le clocher, qui prit feu, puis l'incendie gagna le toit, et la charpente s'effondra en flammes dans la nef, où les stalles s'embrasèrent à leur tour. Les lourdes portes résistèrent. Les accusées auraient pu les ouvrir. Elles n'en firent rien, et les femmes enfermées dans l'église périrent brûlées.

6

Pour Hanna, le procès n'aurait pas pu se passer plus mal. Déjà lors de l'interrogatoire d'identité, elle n'avait pas fait bonne impression sur la cour. Après lecture de l'acte d'accusation, elle demanda la parole, disant qu'il y avait une erreur ; le président, irrité, refusa de l'entendre : elle avait eu tout le temps d'étudier l'accusation avant l'ouverture des débats et de formuler ses objections, à présent il n'en était plus temps, et si l'accusation comportait ou non des erreurs, c'est ce qui allait ressortir de la production des preuves. Lorsque le président, au début de celle-ci, proposa de renoncer à la lecture de la version allemande du livre écrit par la fille, étant donné que l'éditeur allemand qui en préparait la publication en avait fourni le manuscrit à tous les intéressés, il fallut que l'avocat d'Hanna, sous le regard irrité du président, la persuade de s'en déclarer d'accord. Elle ne voulait pas. Elle ne voulait pas non plus admettre que, lors de l'instruction, elle avait reconnu avoir la clé de l'église. Elle maintenait qu'elle n'avait pas eu la clé, que personne ne l'avait eue, qu'une telle clé de l'église n'existait pas, mais qu'il y avait plusieurs clés de plusieurs portes et qu'elles étaient engagées dans les serrures, à l'extérieur. Mais le procès-verbal de son interrogatoire, à l'instruction, lu et signé par elle, disait autre chose, et quand elle demanda pourquoi on voulait lui coller ça sur le dos, cela n'arrangea rien. Elle posait cette question sans élever la voix et sans arrogance, mais avec insistance et, me sembla-t-il, avec un trouble et un désarroi qui se voyaient et s'entendaient ; et en disant qu'on voulait lui mettre quelque chose sur le dos, elle ne voulait pas dire que le droit était bafoué. Mais le président le comprit ainsi et réagit vertement. L'avocat d'Hanna se dressa d'un bond et contre-attaqua avec feu et précipitation, s'entendit demander s'il faisait sien le reproche de sa cliente, et se rassit.

Hanna voulait faire les choses comme il faut. Elle protestait lorsqu'elle trouvait qu'on était injuste avec elle, et elle reconnaissait ce qu'elle estimait être affirmé à juste titre ou lui être justement reproché. Elle protestait avec obstination, et concédait avec bonne volonté : comme si concéder lui donnait le droit de protester, ou comme si en protestant elle s'obligeait du même coup à reconnaître ce qu'elle ne pouvait honnêtement contester. Mais elle ne se rendait pas compte que son obstination irritait le président. Il lui manquait la faculté de sentir ce contexte, de percevoir les règles du jeu, les formules selon lesquelles ses déclarations et celles des autres étaient décomptées en termes de culpabilité et d'innocence, de condamnation et d'acquittement. Il aurait fallu que son avocat, pour compenser ce manque d'intuition, eût davantage d'expérience et d'assurance, ou fût tout simplement meilleur. Ou bien il aurait fallu qu'Hanna ne lui compliquât pas autant la tâche ; elle ne lui faisait manifestement pas confiance, elle n'avait d'ailleurs pas choisi un avocat en qui elle eût confiance : il avait été commis d'office par le président.

Quelquefois, Hanna remporta une sorte de succès. Je me rappelle son interrogatoire sur les sélections dans le camp. Les autres accusées nièrent avoir jamais rien eu à voir avec cela. Hanna reconnut si facilement y avoir participé, non pas seule, mais comme les autres et avec elles, que le président jugea bon d'insister.

« Comment se déroulaient les sélections ? »

Hanna expliqua que les surveillantes s'étaient mises d'accord pour retirer dix déportées de chacun des six groupes de même effectif dont elles avaient la responsabilité, soit en tout soixante déportées, mais que, l'état sanitaire pouvant être très différent d'un groupe à l'autre, c'est finalement en commun qu'elles décidaient qui serait renvoyé.

« Aucune d'entre vous n'a refusé de procéder ainsi, vous avez toutes agi en plein accord ?

— Oui.

— Vous ne saviez pas que vous envoyiez ces détenues à la mort ?

— Si, mais les nouvelles détenues arrivaient, et il fallait que des anciennes leur laissent la place.

— Donc, pour faire de la place, vous avez dit : toi, toi et toi, vous allez être renvoyées et mises à mort ? »

Hanna ne comprit pas ce que le président voulait lui demander.

« J'ai... Je veux dire... Qu'est-ce que vous auriez fait ? » Hanna posait la question sérieusement. Elle ne savait pas ce qu'elle aurait dû ou pu faire d'autre, elle voulait donc savoir du président, qui semblait tout savoir, ce que lui aurait fait.

Il y eut un moment de silence. Il n'est pas d'usage, dans la procédure en vigueur en Allemagne, que des accusés posent des questions aux juges. Mais voilà, la question avait été posée, et tout le monde attendait la réponse du président. Il était obligé de répondre, il ne pouvait éluder la question ni la balayer d'une remarque acerbe ou en posant lui-même une question en contre-feu ; c'était évident pour tout le monde, y compris pour lui, et je compris pourquoi il avait choisi ce truc de prendre l'air irrité. Il en avait fait un masque, derrière lequel il pouvait se donner un peu de temps pour trouver la réponse. Mais pas trop de temps :

plus il attendait, plus la tension montait ; et plus la réponse devrait être bonne.

« Il est des choses dans lesquelles on n'a tout simplement pas le droit de tremper et qu'il faut fuir, si cela ne vous coûte pas la vie. »

Cela aurait peut-être suffi s'il avait dit la même chose, mais en parlant d'Hanna, ou encore de lui-même. Parler de ce que l'on doit ou ne doit pas, et de ce que cela coûte, cela ne répondait pas au sérieux de la question qu'avait posée Hanna. Elle avait voulu savoir ce que, dans sa situation, elle aurait dû faire, et non s'entendre dire qu'il y a des choses qu'on ne fait pas. La réponse du juge était désemparée et pitoyable. Tout le monde le sentit. On réagit avec un soupir de déception, et l'on eut un regard étonné pour Hanna, qui avait en quelque sorte gagné cet échange. Mais elle restait plongée dans ses pensées.

« Donc j'aurais... Je n'aurais pas... Je n'aurais pas dû, chez Siemens, aller m'engager ? »

Ce n'était pas une question adressée au juge. Elle parlait pour elle-même, se posait à elle-même la question, en hésitant, parce qu'elle ne se l'était jamais posée, qu'elle doutait que ce fût la bonne question, et qu'elle en ignorait la réponse.

7

Si l'obstination qu'Hanna mettait à protester irritait le président, la facilité avec laquelle elle reconnaissait les faits irritait les autres accusées. Pour leur défense, mais aussi pour la sienne, c'était désastreux.

De fait, le dossier ne se présentait pas mal pour les accusées. Quant au premier des principaux chefs d'accusation, les preuves étaient constituées exclusivement par les dépositionss de la mère et de la fille, et par le livre de cette dernière. Une bonne défense aurait pu, sans récuser la teneur de ces témoignages, contester valablement que les sélections aient été pratiquées particulièrement par les accusées. En l'occurrence, les indications des deux témoins n'étaient pas précises et ne pouvaient pas l'être ; après tout, il existait un commandant, des équipes de SS, d'autres surveillantes et toute une hiérarchie de subordinations et de missions diverses à laquelle les détenues n'étaient confrontées que de façon partielle et dont, par conséquent, elles ne pouvaient avoir que des vues partielles. Il en allait de même pour le deuxième chef d'accusation. La mère et la fille étaient enfermées dans l'église et ne pouvaient témoigner de ce qui s'était passé à l'extérieur. Certes, les accusées ne pouvaient prétendre n'avoir pas été là. Les autres témoins, habitants du village à l'époque, leur avaient parlé et se souvenaient d'elles. Mais ces autres témoins devaient prendre garde de ne pas encourir le reproche d'avoir eux-mêmes été en mesure de sauver les détenues. Si seules les accusées étaient présentes, est-ce qu'ils n'auraient pas pu neutraliser ces quelques femmes et ouvrir eux-mêmes les portes de l'église ? N'étaient-ils pas obligés de se replier sur une ligne de défense consistant à dire que les accusées avaient agi sous la même contrainte qu'eux, laquelle les disculpait de même ? Sous la contrainte ou sur l'ordre des SS qui n'avaient pas encore fui, ou bien dont les accusées avaient du moins pensé qu'ils ne s'étaient que brièvement absentés, peut-être pour emmener leurs blessés jusqu'à une infirmerie de campagne, et qu'ils ne tarderaient pas à être de retour ?

Lorsque les défenseurs des autres accusées virent que de telles stratégies se heurtaient à la bonne volonté qu'Hanna mettait à reconnaître les faits, ils adoptèrent une stratégie exploitant cette bonne volonté pour charger Hanna et disculper les autres. Les avocats s'y prirent avec une froide objectivité. Les autres accusées les secondèrent à coups d'objections indignées.

« Vous avez dit que vous saviez que vous envoyiez ces détenues à la mort : cela ne vaut que pour vous, n'est-ce pas ? Ce que savaient vos camarades, vous ne pouvez pas le savoir. Vous pouvez peut-être le supposer, mais en fin de compte vous ne pouvez pas en juger, n'est-ce pas ? »

Hanna était interrogée par l'avocat d'une autre accusée.

« Mais nous savions toutes...

— C'est plus simple de dire *nous*, de dire *nous toutes*, plutôt que de dire *moi, moi seule*, n'est-ce pas ? Est-il exact que vous, vous seule, aviez dans le camp vos protégées, à chaque fois des jeunes filles, une pendant un temps, puis une autre ? »

Hanna hésitait. « Je crois que je n'étais pas la seule à...

— Sale menteuse ! Tes chéries, c'était toi, et toi seule ! » Une autre accusée, une robuste femme bien en chair, mais à la langue de vipère, était manifestement en colère.

« Est-ce que par hasard vous ne diriez pas "je sais" quand vous pouvez tout au plus croire, et "je crois" quand vous ne faites qu'inventer ? » L'avocat hochait la tête comme s'il enregistrait à regret une réponse affirmative. « Est-il exact aussi que toutes vos protégées, lorsque vous en aviez assez, étaient du prochain convoi pour Auschwitz ? »

Hanna ne répondit pas.

« C'était là votre sélection particulière, personnelle, n'est-ce pas ? Vous ne voulez plus l'admettre. Vous voulez la dissimuler derrière ce que toutes faisaient. Mais... »

« Oh, mon Dieu ! » La fille, qui après sa déposition s'était assise dans le public, se prenait la tête à deux mains. « Comment ai-je pu oublier cela ? » Le président lui demanda si elle souhaitait compléter sa déposition. Elle n'attendit pas d'être invitée à s'avancer, elle se leva et parla de sa place, au milieu du public.

« Oui, elle avait ses protégées, toujours une des plus jeunes, faibles et fragiles ; elle les prenait sous sa protection, veillait à ce qu'elles ne soient pas forcées de travailler, à ce qu'elles soient mieux logées, mieux traitées, mieux nourries, et le soir elle les emmenait avec elle. Et les filles n'avaient pas le droit de dire ce qu'elles faisaient avec elle, et nous pensions que... Aussi parce qu'elles partaient toutes pour Auschwitz, comme si elle s'en débarrassait quand elles ne lui plaisaient plus. Mais ce n'était pas ça, et un jour l'une d'elles a tout de même parlé, et nous avons appris que ces filles lui faisaient la lecture, soir après soir. C'était mieux que si... Mieux aussi que si elles s'étaient crevées sur le chantier ; j'ai dû penser que c'était mieux, sinon je n'aurais pas pu l'oublier. Mais est-ce que c'était mieux ? » Elle se rassit.

Hanna se retourna et me regarda. Son regard me trouva tout de suite, et je me rendis compte

132

qu'elle avait tout le temps su que j'étais là. Elle me regarda, tout simplement. Son visage ne demandait rien, n'implorait rien, n'affirmait ni ne promettait rien. Il se faisait voir. Je discernai combien elle était tendue et épuisée. Elle avait des cernes sous les yeux, et sur chaque joue une ride verticale que je ne connaissais pas : peu profonde encore, mais qui la marquait déjà comme une cicatrice. Lorsque je rougis sous son regard, elle se tourna de nouveau vers les juges.

Le président demanda à l'avocat qui avait interrogé Hanna s'il avait d'autres questions à poser à l'accusée. Il le demanda aussi à l'avocat d'Hanna. Interroge-la, pensai-je. Demande-lui si elle choisissait les filles faibles et fragiles parce que de toute façon elles n'auraient pas supporté le travail sur le chantier, parce que de toute façon elles auraient été du prochain convoi pour Auschwitz, et parce qu'elle voulait leur rendre supportable leur dernier mois. Dis-le, Hanna. Dis que tu voulais leur rendre supportable leur dernier mois. Que c'est pour ça que tu choisissais les fragiles et les faibles. Qu'il n'y avait pas d'autre raison, qu'il ne pouvait pas y en avoir d'autre.

Mais l'avocat ne demanda rien, et Hanna ne parla pas d'elle-même.

8

L'édition allemande du livre écrit par la fille sur
sa vie dans les camps ne parut qu'après le procès.
Pendant le procès, le manuscrit existait déjà, mais
il ne fut communiqué qu'aux personnes concer-
nées. Je dus lire le livre en anglais, entreprise à
l'époque pour moi inhabituelle et laborieuse. Et,
comme toujours, la langue étrangère, qu'on maî-
trise mal et avec laquelle on se bat, me donnait
une curieuse impression à la fois de recul et de
proximité. On a conquis le livre de haute lutte
sans pour autant se l'approprier. Il demeure aussi
étranger que la langue est étrangère.

Des années plus tard, je l'ai relu et j'ai découvert que c'était le livre lui-même qui crée ce recul.
Il n'invite pas à s'identifier et ne rend personne
sympathique, ni la mère ni la fille, ni aucune des
personnes dont elles ont partagé le destin dans
différents camps, puis à Auschwitz et enfin près de
Cracovie. Les silhouettes et les visages des kapos,
des surveillantes et des SS ne sont pas assez dessi-

nés pour qu'on puisse adopter une attitude vis-à-vis de ces personnages, les trouver meilleurs ou pires. Le livre respire cette anesthésie que j'ai déjà tenté de décrire. Mais elle n'avait pas fait perdre à la fille la capacité d'enregistrer et d'analyser. Et l'auteur ne s'est pas laissé corrompre, ni par l'apitoiement sur soi-même ni par la fierté manifeste d'avoir survécu et d'avoir non seulement surmonté l'expérience des camps, mais de lui avoir donné une forme littéraire. Elle parle d'elle-même et de son comportement de petite adolescente prétentieuse et au besoin roublarde avec la même objectivité sobre qu'elle met à décrire tout le reste.

Hanna n'est pas nommée dans le livre, et rien ne permet non plus de la reconnaître et de l'identifier. Parfois il me semblait la reconnaître dans une des jeunes surveillantes, décrite comme jeune, jolie et se montrant dans l'accomplissement de ses tâches à la fois consciencieuse et sans conscience, mais je n'étais pas sûr. Quand je regardais les autres accusées, seule Hanna correspondait à la surveillante décrite. Mais il y avait eu d'autres surveillantes. Dans un camp, la fille avait eu une surveillante qu'on appelait « la jument », elle aussi jeune, jolie et sérieuse, mais cruelle et coléreuse. C'est elle que lui rappelait la surveillante du camp. Est-ce que d'autres avaient fait la comparaison ? Est-ce qu'Hanna le savait, s'en souvenait, et avait réagi à cause de cela lorsque je l'avais comparée à un cheval ?

Le camp près de Cracovie avait été pour la mère
et la fille la dernière étape après Auschwitz. C'était
un progrès : le travail était pénible, mais moins ; la
nourriture était meilleure, et c'était mieux de cou-
cher à six par chambrée qu'à cent dans un baraquement. Et elles avaient moins froid : en rentrant
de l'usine au camp, elles pouvaient ramasser du
bois. Il y avait la peur des sélections. Mais elles
étaient elles aussi moins épouvantables qu'à
Auschwitz. Soixante femmes repartaient chaque
mois, soixante sur environ douze cents ; on avait
une espérance de vie de vingt mois même si on
était moyennement robuste, et on pouvait tout de
même espérer l'être plus que la moyenne. Et de
surcroît il était permis d'escompter que la guerre
serait finie avant vingt mois.

La détresse débuta lorsque le camp fut dissous
et que les détenues furent emmenées vers l'ouest.
C'était l'hiver, il neigeait, et les vêtements dans
lesquels les femmes avaient gelé à l'usine et à peu
près tenu le coup au camp étaient tout à fait insuf-
fisants. Elles étaient encore plus insuffisamment
chaussées, souvent de chiffons et de journaux,
attachés de telle sorte qu'ils tenaient tant qu'on
était immobile ou qu'on se déplaçait, mais impos-
sibles à faire tenir pour résister à de longues
marches dans la neige et sur la glace. Or, non seulement les femmes marchaient, mais on les pres-
sait, on les forçait à courir. « Marche funèbre ? » se
demande la fille dans son livre, et elle répond :

« Non, c'était un trot, un galop funèbre. » Beaucoup s'effondraient en chemin ; d'autres, après une nuit dans une grange ou simplement au pied d'un mur, ne se relevaient pas. Au bout d'une semaine, près de la moitié des femmes étaient mortes.

L'église était un meilleur abri que les granges et les murs que les femmes avaient connus jusque-là. Lorsqu'elles étaient passées par des fermes abandonnées, les SS et les surveillantes s'étaient réservé les locaux d'habitation. Là, dans ce village presque désert, ils s'attribuèrent le presbytère, laissant tout de même aux détenues mieux qu'une grange ou qu'un mur. Ce fait, et puis la distribution d'une soupe claire mais chaude, apparurent comme la promesse que le pire était passé. C'est là-dessus que les femmes s'endormirent. Les bombes tombèrent peu après. Tant que le feu ne fut qu'au clocher, dans l'église on l'entendit sans le voir. Lorsque la flèche s'abattit sur la charpente, il fallut encore quelques minutes avant qu'on vît la lueur des flammes. Puis elles s'abattirent ici et là, mettant le feu aux vêtements ; des poutres incandescentes s'écrasèrent sur la chaire et les stalles, qui s'enflammèrent à leur tour ; et au bout de quelques instants toute la charpente en feu vint se fracasser dans la nef, et tout ne fut plus qu'un brasier.

La fille estime que les femmes auraient pu s'en tirer si elles avaient aussitôt conjugué leurs efforts pour forcer l'une des portes. Mais avant qu'elles aient compris ce qui se passait, ce qui allait se passer, et qu'on ne leur ouvrait pas, c'était trop tard. Il faisait nuit noire, quand elles furent réveillées par l'explosion des bombes. Pendant un moment, elles ne perçurent qu'un bruit étrange et inquiétant provenant du clocher, et elles se tinrent coites pour mieux l'entendre et l'interpréter. Que c'était le grondement et les craquements d'un feu, que les lueurs intermittentes derrière les vitraux étaient celles d'un incendie, que le choc au-dessus de leurs têtes signifiait que, du clocher, le feu gagnait la nef, tout cela les femmes le comprirent seulement quand elles virent la charpente en flammes. Elles le comprirent et crièrent, crièrent de terreur, crièrent à l'aide, se ruèrent sur les portes, les secouèrent, les frappèrent, criant de plus belle.

Lorsque la charpente en feu s'écrasa dans la nef, l'enceinte des murs fit cheminée. La plupart des femmes n'ont pas péri asphyxiées, mais brûlées vives. Finalement, le feu est même venu à bout des portes de l'église, qui étaient plaquées de fer et furent tout de même détruites. Mais ce fut seulement des heures plus tard.

La mère et la fille survécurent parce que la mère, pour de mauvaises raisons, fit ce qu'il fallait. Lorsque les femmes furent prises de panique, elle ne supporta pas de rester parmi elles et monta se réfugier sur la galerie. Il lui était égal d'y être plus près des flammes, elle voulait seulement être seule, échapper aux femmes qui hurlaient et se bousculaient en tous sens, les vêtements en feu. La galerie était étroite, si étroite qu'elle fut à peine touchée par les chutes de poutres enflammées. La mère et la fille, serrées contre le mur, regardèrent et écoutèrent le feu faire rage. Le jour suivant, elles n'osèrent pas descendre et sortir. Dans l'obscurité de la nuit suivante, elles craignirent de rater les marches et de ne pas trouver leur chemin. Quand elles sortirent de l'église à l'aube du surlendemain, elles rencontrèrent quelques habitants du village qui les regardèrent stupéfaits et muets, mais leur donnèrent des vêtements et de quoi manger, et les laissèrent partir.

9

« Pourquoi n'avez-vous pas ouvert ? »

Le président posa la même question à toutes les accusées, l'une après l'autre. Elles répondirent l'une après l'autre de la même façon. Qu'elles n'avaient pas été en mesure d'ouvrir. Pourquoi ? Parce qu'elles avaient été blessées dans le presbytère lors du bombardement. Ou bien parce qu'elles étaient encore sous le choc. Ou bien parce que après l'explosion des bombes elles s'étaient occupées des blessés, SS et surveillantes, les avait tirés des décombres, pansés, soignés. Ou bien elles n'avaient pas pensé à l'église, ne s'étaient pas trouvées à proximité de l'église, n'avaient pas vu que l'église brûlait, n'avaient pas entendu les cris qui venaient de l'église.

À chacun de ces interrogatoires, le président émit la même réserve : c'est que la lecture du rapport suggérait autre chose. C'était dit avec une prudence voulue. Il aurait été faux de prétendre que ce rapport, trouvé dans les archives des SS, disait autre chose. Mais il était exact que sa lecture laissait une impression différente. Il citait nommément les morts du presbytère, les blessés, ceux qui les avaient transportés en camion jusqu'à une infirmerie de campagne et ceux qui les avaient escortés en véhicule léger tout terrain. Il y était consigné que des surveillantes étaient restées sur place pour attendre la fin des incendies, les empêcher de s'étendre et s'opposer aux tentatives de fuite dont ils pourraient être l'occasion. Il évoquait la mort des déportées.

Le fait que les accusées ne figurassent pas nommément laissait penser qu'elles étaient au nombre des surveillantes restées sur place. Le fait qu'elles fussent restées pour s'opposer à des tentatives de fuite laissait penser qu'une fois les blessés tirés du presbytère et une fois parti le convoi pour l'infirmerie, tout n'était pas terminé. Ce que suggérait la lecture du rapport, c'est que les surveillantes restées sur place avaient laissé l'incendie faire rage et avaient tenu fermées les portes de l'église. Ce que sa lecture suggérait encore, c'est que parmi les surveillantes restées sur place se trouvaient les accusées.

Non, dirent les accusées l'une après l'autre, les choses ne s'étaient pas passées ainsi. Ce rapport était mensonger. On le voyait bien déjà quand il parlait de la mission, qu'auraient eue les surveillantes restées sur place, d'empêcher les incendies de s'étendre. Comment aurait-on voulu qu'elles remplissent cette mission ? Cette mission était absurde, tout comme la suivante, consistant à s'opposer aux tentatives de fuite à la faveur des incendies, était absurde. Tentatives de fuite ? Lorsqu'elles n'eurent plus à s'occuper des leurs, et auraient pu s'occuper des autres, des déportées, il n'y avait plus personne qui pût encore fuir. Non, ce rapport méconnaissait totalement ce qu'elles avaient fait, accompli et subi au cours de cette nuit. Comment expliquer alors qu'existe un rapport aussi mensonger ? Elles ne le savaient pas non plus.

Jusqu'à ce que vienne le tour de la robuste accusée à la langue de vipère. Elle savait. « Demandez-lui, à elle ! » Elle montrait Hanna du doigt. « C'est elle qui a rédigé le rapport. C'est elle qui est responsable de tout, elle seule, et dans son rapport elle a voulu dissimuler la vérité et nous mettre dedans ! »

Le président posa la question à Hanna. Mais ce fut sa dernière question. La première fut : « Pourquoi n'avez-vous pas ouvert ?

— Nous étions... Nous avions... » Hanna cherchait sa réponse. « Nous ne savions plus quoi faire.

— Vous ne saviez plus quoi faire ?

— Certaines d'entre nous étaient mortes, et les autres ont filé, soi-disant pour emmener les blessés à l'infirmerie et revenir ensuite, mais tout le monde savait bien que personne ne reviendrait. D'ailleurs ils ne sont peut-être même pas allés jusqu'à l'infirmerie, il ne s'agissait pas de blessés tellement graves. On serait bien parties avec eux, mais ils nous ont dit qu'il fallait laisser la place aux blessés, et de toute façon ils n'étaient pas... De toute façon ils n'avaient pas envie d'emmener autant de femmes avec eux. Je ne sais pas où ils sont passés.

— Qu'avez-vous fait ?

— Nous ne savions pas quoi faire. Tout allait si vite, le presbytère avait brûlé, et ensuite le clocher, les hommes et les véhicules étaient encore là, et puis ils n'étaient plus là, et tout d'un coup nous nous retrouvions seules avec les femmes de l'église. On nous avait laissé quelques armes, mais nous ne savions pas nous en servir, et même si on avait su, à quoi ça nous aurait avancées : nous n'étions que quelques femmes. Comment aurait-on voulu que nous gardions toutes ces femmes ? Un convoi comme ça s'étire en longueur, même si on fait serrer les rangs, et pour le surveiller d'un bout à l'autre il aurait fallu être bien plus que nous n'étions. » Hanna prit un temps. « Et puis les cris ont commencé, et sont devenus de pire en pire. Si on leur avait ouvert et qu'elles se soient toutes précipitées dehors... »

Le président attendit un moment. « Avez-vous eu peur ? Peur que les détenues ne vous attaquent et soient plus fortes que vous ?

— Que les détenues nous..., non, mais comment aurions-nous pu rétablir l'ordre ? Cela aurait tourné à une pagaille dont nous ne serions plus sorties. Et si elles avaient tenté de fuir... »

À nouveau, le président attendit, mais Hanna ne termina pas sa phrase. « Avez-vous eu peur qu'en cas de fuite on vous arrête, on vous juge et on vous fusille ?

— Mais nous n'aurions tout de même pas pu les laisser s'enfuir comme ça. Nous étions responsables d'elles... je veux dire... Nous les avions surveillées tout ce temps-là, dans le camp et pendant le convoi, on était là pour les garder et pour qu'elles ne s'enfuient pas. C'est pour ça que nous ne savions plus ce que nous devions faire. Nous ne savions pas non plus combien de ces femmes survivraient aux journées suivantes. Il y en avait déjà tant qui étaient mortes, et celles qui étaient vivantes étaient déjà si faibles... »

Hanna se rendit compte que ce qu'elle était en train de dire la desservait. Mais elle ne pouvait dire autre chose. Elle ne pouvait qu'essayer de dire mieux ce qu'elle disait, de mieux le décrire et de mieux l'expliquer. Mais plus elle en disait, plus elle desservait sa cause. Ne sachant plus comment s'en tirer, elle s'adressa de nouveau au président.

« Mais qu'est-ce que vous auriez fait ? »

Mais cette fois elle savait elle-même qu'elle n'obtiendrait pas de réponse. Elle n'en attendait pas. Personne n'attendait une réponse. Le président secoua la tête en silence.

Non qu'on n'eût pas été en mesure de se représenter l'affolement et le désarroi que décrivait Hanna. La nuit, le froid, la neige, l'incendie, les cris des femmes dans l'église, la disparition de ceux qui avaient commandé et accompagné les surveillantes : comment aurait-on voulu que la situation fût simple ! Mais l'évidente difficulté de la situation pouvait-elle minimiser l'horreur de ce que les accusées avaient fait ou refusé de faire ? Comme s'il s'était agi d'un accident de voiture sur une route déserte par une nuit froide d'hiver, avec véhicule hors d'usage et blessés graves, et l'on ne sait que faire ? Ou bien d'un conflit entre deux devoirs qui méritent tous deux également qu'on s'y consacre ? On aurait pu se représenter ainsi ce qu'Hanna décrivait, mais on ne le voulait pas.

« Est-ce vous qui avez rédigé le rapport ?

— Nous avons réfléchi ensemble à ce que nous devions écrire. Nous ne voulions pas dénoncer ceux qui étaient partis. Mais nous ne voulions pas non plus nous faire reprocher de n'avoir pas fait ce qu'il fallait.

— Donc, vous dites que vous avez réfléchi ensemble. Qui a rédigé ?

— Toi ! » L'autre accusée montrait à nouveau Hanna du doigt.

« Non, ce n'est pas moi qui ai écrit. Est-ce important, de savoir qui a écrit ? »

Un procureur proposa de faire comparer par un expert graphologue l'écriture du rapport et celle de l'accusée Schmitz.

« Mon écriture ? Vous voulez comparer mon écriture ?... »

Le président, le procureur et l'avocat d'Hanna discutèrent pour savoir si une écriture conserve son identité et demeure reconnaissable au bout de plus de quinze ans. Hanna écoutait, et à plusieurs reprises elle fit mine de dire ou de demander quelque chose, d'un air de plus en plus inquiet. Puis elle dit : « Inutile d'aller chercher un expert. Je reconnais que c'est moi qui ai écrit le rapport. »

10

Je n'ai aucun souvenir des séminaires du vendredi. Même quand je reconstitue le déroulement du procès, je ne retrouve pas sur quoi portaient nos travaux scientifiques. De quoi parlions-nous ? Que voulions-nous savoir ? Que nous faisait comprendre notre professeur ?

Mais je me souviens des dimanches. De ces journées au palais de justice, je sortais avec une fringale pour moi nouvelle de nature, des couleurs et des odeurs de la nature. Le vendredi et le samedi, je rattrapais ce que j'avais raté les autres jours de la semaine à l'université, de façon à me tenir à jour dans les travaux dirigés et à m'acquitter normalement du pensum semestriel. Le dimanche, je partais marcher.

Le Heiligenberg, la basilique Saint-Michel, la tour Bismarck, le chemin des Philosophes, la berge du fleuve : je ne changeais guère d'itinéraire d'un dimanche à l'autre. C'était suffisamment de diversité que de voir les teintes de vert foncer de semaine en semaine, d'apercevoir la plaine du Rhin tantôt plongée dans une brume de chaleur, tantôt voilée par un rideau de pluie, tantôt surplombée par des nuages d'orage, et de sentir en forêt l'odeur des baies et des fleurs quand le soleil tapait sur elles, ou de la terre et des feuilles pourries de l'année précédente lorsqu'il pleuvait. D'une façon générale, je n'ai guère besoin de diversité et je ne la recherche pas. Le prochain voyage me conduit juste un peu plus loin que le précédent, et les prochaines vacances au même endroit que les dernières, pendant lesquelles je l'ai découvert et trouvé à mon goût. J'ai cru quelque temps qu'il fallait être plus audacieux, et je me suis forcé à partir pour Ceylan, l'Égypte ou le Brésil, puis j'ai recommencé à me familiariser davantage avec mes régions familières. J'y vois plus de choses.

J'ai retrouvé l'endroit de la forêt où j'eus la révélation du secret d'Hanna. Il n'a rien de particulier, et n'avait rien de particulier non plus à l'époque, pas d'arbre ou de rocher aux formes bizarres, pas de vue extraordinaire sur la ville et la plaine, rien qui invitât à de surprenantes associations d'idées. À force de réfléchir à Hanna en tournant en rond semaine après semaine, une idée s'était détachée, avait suivi son chemin bien à elle et avait fini par arriver à son résultat. Lorsqu'elle y fut parvenue, elle y fut parvenue — ç'aurait pu être partout, ou en tout cas n'importe où, pourvu que la familiarité du cadre et des circonstances permette de percevoir et d'admettre une surprise qui ne vous assaille pas de l'extérieur, mais qui éclôt à l'intérieur de vous. C'est ce qui se passa sur un chemin qui monte en pente raide, traverse la route, passe près d'une fontaine, puis mène d'abord sous une haute futaie obscure de vieux arbres et ensuite dans des taillis clairs.

Hanna ne savait ni lire ni écrire.

Voilà pourquoi elle s'était fait faire la lecture. Voilà pourquoi, lors de notre randonnée à bicyclette, elle m'avait laissé le soin de tout ce qui exigeait d'écrire et de lire, et pourquoi elle avait été hors d'elle, le matin à l'hôtel, lorsque, trouvant mon mot, elle avait soupçonné que je m'attendrais à ce qu'elle en connaisse la teneur et avait redouté la honte d'être démasquée. Voilà pourquoi elle s'était dérobée à sa promotion dans les tramways ; sa tare, qu'elle pouvait dissimuler tant qu'elle était receveuse, serait apparue au grand jour lors d'une formation de conductrice. Voilà pourquoi elle s'était dérobée à sa promotion chez Siemens et était devenue surveillante. Voilà pourquoi elle avait admis, afin d'éviter la confrontation avec le graphologue, que c'était elle qui avait écrit le rapport. Était-ce pour cela qu'au cours du procès elle avait accumulé les gaffes ? Parce qu'elle n'avait pu lire ni le livre de la fille ni l'acte d'accusation, et n'avait donc pu ni discerner ses chances de se défendre ni s'y préparer en conséquence ? Était-ce pour cela qu'elle avait envoyé ses protégées à Auschwitz ? Afin de les réduire au silence, au cas où elles se seraient aperçues de quelque chose ? Et était-ce pour cela qu'elle avait choisi pour protégées les filles les plus affaiblies ?

Pour cela ? Qu'elle eût honte de ne savoir ni lire ni écrire, et qu'elle préférât me sembler déroutante plutôt que d'être honteusement démasquée, je le comprenais. Je savais bien moi-même que la honte pouvait provoquer des conduites de fuite, de résistance, de dissimulation, voire des comportements blessants. Mais la honte qu'éprouvait Hanna de ne savoir ni lire ni écrire expliquait-elle son comportement au procès et dans le camp ? Par peur de la honte d'être analphabète, plutôt la honte d'être démasquée comme criminelle ? Plutôt être une criminelle ?

Combien de fois me suis-je posé, alors et depuis lors, ces mêmes questions ! Si le mobile d'Hanna était la peur d'être honteusement démasquée, comment avait-elle pu préférer le crime à la honte anodine d'être analphabète ? Ou alors, avait-elle cru s'en tirer sans être du tout démasquée ? Était-elle tout simplement bête ? Et était-elle vaniteuse et mauvaise au point de devenir criminelle pour éviter d'être démasquée ?

J'ai toujours refusé, alors et depuis lors, de le penser. Non, me suis-je dit, Hanna n'a pas choisi le crime. Elle a choisi de se soustraire à la promotion chez Siemens, et elle s'est trouvée embarquée dans cette activité de surveillante. Non, elle n'avait pas renvoyé les femmes faibles et fragiles à Auschwitz parce qu'elles lui avaient fait la lecture, elle les avait choisies pour lui faire la lecture parce qu'elle voulait leur rendre supportable leur dernier mois, au terme duquel elles étaient de toute façon renvoyées à Auschwitz. Non, Hanna pendant le procès n'avait pas mis en balance la honte d'être analphabète et la honte d'être une criminelle. Elle ignorait le calcul et la tactique. Elle acceptait qu'on lui demandât des comptes, seulement elle ne voulait pas en plus avoir honte. Elle ne poursuivait pas son intérêt, elle se battait pour sa vérité, pour sa justice. Celles-ci, parce qu'elle avait toujours dû dissimuler un peu, qu'elle n'avait jamais pu être tout à fait franche, tout à fait elle-même, étaient une vérité et une justice pitoyables, mais c'étaient les siennes, et son combat pour elles était son combat.

Elle devait être complètement épuisée. Elle ne se battait pas seulement dans ce procès. Elle combattait depuis toujours, non pour montrer ce dont elle était capable, mais pour dissimuler ce dont elle était incapable. C'était une vie dont les élans consistaient à battre vigoureusement en retraite, et les victoires à encaisser de secrètes défaites.

J'étais étrangement ému par le fossé séparant ce qui avait dû préoccuper Hanna lorsqu'elle avait fui ma ville natale et ce que j'avais moi-même pensé et imaginé au même moment. J'avais eu la conviction que c'était moi qui la faisais partir parce que je l'avais trahie et reniée, et de fait elle se soustrayait tout simplement à la honte d'être démasquée aux tramways. À vrai dire, qu'elle ne fût pas partie à cause de moi n'empêchait pas que je l'avais trahie. Je restais donc coupable. Et si je n'étais pas coupable, parce que trahir une criminelle ne saurait être une faute, j'étais coupable parce que j'avais aimé une criminelle.

11

Une fois qu'Hanna eut déclaré avoir rédigé le rapport, les autres accusées eurent beau jeu de prétendre que, si elle n'avait pas agi seule, elle les avait poussées, menacées, forcées. Que c'était elle qui avait pris l'initiative des opérations, monopolisé la parole comme l'écrit, décidé de tout.

Les habitants du village venus témoigner ne pouvaient ni confirmer ni infirmer. Ils avaient vu que l'église en flammes était gardée par plusieurs femmes en uniforme qui ne l'ouvraient pas, et ils n'avaient donc pas osé l'ouvrir eux-mêmes. Ils avaient rencontré ces femmes le lendemain matin au moment où elles partaient, et ils les reconnaissaient dans les accusées. Mais laquelle avait paru commander aux autres, lors de cette rencontre matinale, et d'ailleurs est-ce qu'il y en avait une qui commandait aux autres ? Ils ne pouvaient le dire.

« Mais vous n'excluez pas que cette accusée, dit l'avocat de l'une des autres accusées en montrant Hanna, ait pris les décisions ? »

Ils ne pouvaient pas l'exclure, comment auraient-ils pu ? Et face aux autres accusées, visiblement plus âgées, plus fatiguées, plus lâches et plus amères, ils ne le voulaient pas non plus. Comparée aux autres, Hanna apparaissait comme celle qui commandait. Du reste, l'existence d'un tel chef disculpait les habitants ; le refus d'assistance, face à une unité bien commandée, les faisait apparaître moins mauvais que face à un groupe de femmes désorientées.

Hanna continuait à se battre. Elle reconnaissait ce qui était exact et contestait ce qui ne l'était pas. Elle contestait avec une véhémence de plus en plus désespérée. Elle n'élevait pas la voix. Mais l'énergie avec laquelle elle s'exprimait suffisait à indisposer la cour.

Finalement, elle renonça. Elle ne parla plus que pour répondre aux questions, et elle répondait brièvement, sommairement, et parfois à côté. Comme pour manifester qu'elle avait renoncé, elle restait assise pour parler. Le président, qui au début du procès lui avait dit à plusieurs reprises qu'elle n'avait pas besoin de se lever, qu'elle pouvait très bien rester assise, nota aussi cela avec étonnement. Quelquefois, vers la fin du procès, j'eus l'impression que les juges en avaient assez, qu'ils voulaient en finir, qu'ils n'étaient déjà plus à ce qu'ils faisaient, mais à autre chose : au présent, de nouveau, après ces longues semaines dans le passé.

Moi aussi, j'en avais assez. Mais j'étais incapable de passer à autre chose. Pour moi, le procès n'était pas en train de s'achever, il commençait. J'avais été spectateur, et j'étais soudain devenu partie prenante, dans le jeu et dans la décision. Je n'avais ni cherché ni choisi ce nouveau rôle, mais je l'avais — que je le veuille ou non, que je fasse quelque chose ou que je reste passif.

Faire quelque chose ne pouvait avoir qu'un sens. Je pouvais aller trouver le président et lui dire qu'Hanna était analphabète. Qu'elle n'était pas le premier rôle et la première coupable que les autres faisaient d'elle. Que son attitude au cours du procès n'était pas celle d'une rebelle refusant de reconnaître ses torts et d'admettre la vérité, mais de quelqu'un qui n'avait pu prendre à l'avance connaissance de l'accusation et du manuscrit, et qui était dépourvu de tout sens tactique ou stratégique. Qu'elle était gravement désavantagée dans sa défense. Qu'elle était coupable, mais pas aussi coupable qu'elle semblait l'être.

Peut-être ne convaincrais-je pas le président. Mais je l'amènerais à réfléchir et à chercher plus loin. Il apparaîtrait finalement que j'avais raison, et Hanna serait certes condamnée, mais moins lourdement. Elle irait certes en prison, mais elle en ressortirait plus tôt : n'était-ce pas pour cela qu'elle se battait ?

Oui, elle se battait pour cela, mais elle n'était

155

pas prête à ce que le prix d'un succès soit la honte d'être démasquée comme analphabète. Elle ne voudrait pas davantage que je vende, pour quelques années de prison, l'image qu'elle entendait donner d'elle-même. Elle était en mesure de faire elle-même cette transaction et elle ne la faisait pas, donc elle n'en voulait pas. L'image qu'elle voulait donner d'elle-même valait pour elle ces années de prison.

Mais les valait-elle vraiment ? Que lui rapportait cette image mensongère qui la ligotait, la paralysait, l'empêchait de s'épanouir ? Avec l'énergie qu'elle mettait à maintenir ce mensonge de toute une vie, elle aurait pu apprendre depuis longtemps à lire et à écrire.

J'ai tenté à l'époque de parler de ce problème avec des amis. Suppose que quelqu'un coure à sa perte, délibérément, et que tu puisses le sauver : le feras-tu ? Imagine un malade qui va subir une opération alors qu'il prend des drogues incompatibles avec l'anesthésie, mais qui a honte d'avouer à l'anesthésiste qu'il est drogué : est-ce que tu parles à l'anesthésiste ? Imagine un procès où l'accusé va être condamné s'il ne révèle pas qu'il est gaucher et qu'il n'a donc pas pu commettre le crime, nécessairement perpétré par un droitier ; or, cet accusé a honte d'avouer qu'il est gaucher : iras-tu dire au juge ce qu'il en est ? Imagine un homosexuel accusé d'un crime qui n'a pas pu être commis par un homosexuel, mais l'accusé a honte d'avouer qu'il l'est. Il ne s'agit pas de savoir s'il faut avoir honte d'être gaucher ou homosexuel : imagine simplement que l'accusé ait honte.

12

Je décidai de parler à mon père. Non que nous ayons été tellement proches l'un de l'autre. Mon père était renfermé, incapable d'exprimer ses sentiments devant ses enfants et ne sachant que faire des sentiments que nous lui manifestions. Longtemps, j'ai supposé que cette attitude taciturne cachait des trésors. Mais par la suite je me suis demandé si elle cachait quoi que ce fût. Peut-être que comme adolescent et comme jeune homme il avait été plein de sentiment et qu'au fil des années, faute de les exprimer, il les avait laissés dépérir et se dessécher.

Mais c'est précisément à cause de cette distance entre nous que je voulus avoir une conversation avec lui. Je voulais parler au philosophe auteur d'ouvrages sur Kant et sur Hegel, qui, je le savais, s'étaient occupés de questions morales. Je pensais qu'il serait aussi en mesure de débattre de mon problème dans l'abstrait et de ne pas s'arrêter, à la différence de mes amis, à ce que mes exemples avaient d'insuffisant.

Lorsque nous, les enfants, nous voulions parler à notre père, il nous fixait des rendez-vous, comme à ses étudiants. Il travaillait à la maison et ne se rendait à l'université que pour faire ses cours et ses séminaires. Les collègues et les étudiants qui voulaient lui parler venaient le voir à domicile. Je me rappelle ces rangées d'étudiants assis dans le couloir et attendant leur tour, les uns lisant, d'autres contemplant les panoramas de villes qui ornaient les murs, d'autres encore regardant dans le vide, tous silencieux, à part leur réponse timide à notre bonjour quand nous passions par là. Nous-mêmes, les enfants, nous n'attendions pas dans le couloir, lorsque notre père nous avait fixé un rendez-vous. Mais, à l'heure dite, nous frappions à la porte de son bureau pour qu'il nous dise d'entrer.

J'ai connu deux bureaux de mon père. Le premier, où Hanna avait passé les livres en revue du bout du doigt, donnait sur des rues et des immeubles. L'autre donnait sur la plaine du Rhin. La maison où mes parents se sont installés au début des années soixante, et où ils ont continué d'habiter après notre départ, était située à flanc de colline, au-dessus de la ville. Dans les deux cas, les fenêtres ouvraient moins la pièce sur le monde extérieur qu'elles ne faisaient entrer celui-ci à l'intérieur, comme des sortes de tableaux. Le bureau de mon père était un habitacle où les livres, les papiers, les idées, la fumée de pipe et de cigare avaient créé des conditions climatiques particulières, distinctes du monde extérieur. Elles m'étaient à la fois familières et étrangères.

Mon père me laissa exposer mon problème dans sa version abstraite et avec mes exemples. « Cela a trait au procès, n'est-ce pas ? » Mais il secoua la tête pour me signifier qu'il n'attendait pas de réponse, qu'il n'entendait pas me faire dire ce que je ne dirais pas spontanément. Puis, la tête inclinée de côté et les mains sur les accoudoirs de son fauteuil, il réfléchit. Il ne me regardait pas. Je l'observais, avec ses cheveux gris, ses joues comme toujours mal rasées, les rides profondes qu'il avait entre les sourcils et des ailes du nez aux coins de la bouche. J'attendais.

Lorsqu'il parla, il remonta très loin. Il me fit un exposé sur la personne, la liberté et la dignité, sur l'être humain comme sujet et sur le fait qu'on n'avait pas le droit de le traiter en objet. « Ne te rappelles-tu pas comme cela pouvait te révolter, quand tu étais petit, que maman sache mieux que toi ce qui était bon pour toi ? C'est déjà un vrai problème de savoir si on a le droit d'agir ainsi avec de petits enfants. C'est un problème philosophique, mais la philosophie ne se soucie pas des enfants. Elle les a abandonnés à la pédagogie, qui s'en occupe bien mal. La philosophie a oublié les enfants, dit-il en me souriant, oublié à jamais, et non par moments seulement, comme il m'arrive de vous oublier.

— Mais...

— Mais s'agissant d'adultes, je ne vois absolument rien qui justifie qu'on mette ce qu'un autre estime bon pour eux au-dessus de ce qu'eux-mêmes estiment être bon pour eux.

— Même si plus tard ils en sont eux-mêmes heureux ? »

Il secoua la tête. « Nous ne parlons pas de bonheur, nous parlons de dignité et de liberté. Quand tu étais petit, tu savais déjà la différence. Cela ne te consolait pas, que maman eût toujours raison. »

Aujourd'hui, je repense avec plaisir à cette conversation avec mon père. Je l'avais oubliée jusqu'à ce que je me mette, après sa mort, à fouiller au fond de ma mémoire pour trouver des souvenirs de bons contacts et de bons moments avec lui. Quand je retrouvai celui-ci, j'en fus étonné et tout heureux. À l'époque, cette conversation me laissa d'abord décontenancé par la façon dont mon père y mêlait l'abstrait et le concret. Mais finalement, de ce qu'il m'avait dit je conclus que je n'avais pas à aller trouver le juge, que je n'avais aucun droit de lui parler, et j'en fus soulagé.

Mon père vit que je l'étais. « Cette philosophie te convient ?

— Bah... Je ne savais pas s'il fallait agir, dans la situation que j'ai évoquée, et je n'étais pas heureux à l'idée de devoir agir. Alors, si l'on n'a nullement le droit d'agir, je trouve que c'est... » Je ne savais que dire. Un soulagement ? Rassurant ? Agréable ? Ce n'étaient pas des termes de morale et de responsabilité. « C'est bien » aurait eu un air moral et responsable. Mais je ne pouvais pas dire que je trouvais ça bien, que ce fût plus qu'un simple soulagement.

« Agréable ? » suggéra mon père.

J'approuvai de la tête tout en haussant les épaules.

« Non, ton problème n'a pas de solution agréable. On doit naturellement agir si la situation que tu as évoquée comporte une responsabilité qui vous est échue ou qu'on a choisi d'assumer. Si l'on sait ce qui est bon pour l'autre et qu'il refuse de le voir, on doit essayer de lui ouvrir les yeux. On doit lui laisser le dernier mot, mais on doit lui parler, à lui, et non parler à quelqu'un d'autre derrière son dos. »

Parler à Hanna ? Que lui dire ? Que j'avais découvert le mensonge de toute sa vie ? Qu'elle était en train de sacrifier toute sa vie à ce mensonge idiot ? Que ce mensonge ne valait pas un tel sacrifice ? Qu'elle devait se battre pour ne pas rester en prison plus longtemps que nécessaire, afin de pouvoir ensuite faire quelque chose de sa vie ? Mais quoi ? Que ce soit quelque chose, beaucoup de choses ou peu de chose, que voulait-on qu'elle en fasse ? Pouvais-je lui enlever ce mensonge de toute une vie sans lui ouvrir une perspective de vie ? Je ne voyais pas de perspective à long terme, et je ne savais pas non plus comment je pourrais me présenter devant elle et lui dire qu'après ce

qu'elle avait fait il était normal qu'à court et
moyen terme sa perspective soit la prison. Je ne
savais pas comment je pourrais me présenter
devant elle et lui dire quoi que ce soit. Je ne savais
tout simplement pas comment je pourrais me présenter devant elle.

Je demandai à mon père : « Mais si l'on ne peut
pas lui parler ? »

Il me regarda d'un air de doute, et je sus moi-
même que ma question tombait à plat. Il n'était
plus temps de moraliser. Il ne me restait qu'à me
décider.

« Je n'ai pas été capable de t'aider. » Il se leva et
je l'imitai. « Non, ne te crois pas obligé de partir,
c'est juste le dos qui me fait mal. » Il se tenait
courbé, les mains sur les reins. « Je ne peux pas
dire que je sois désolé de ne pas pouvoir t'aider.
En tant que philosophe, je veux dire ; et c'est le
philosophe que tu venais consulter. En tant que
père, être incapable d'aider ses enfants est une
expérience quasi intolérable. »

J'attendis, mais il ne poursuivit pas. Je trouvais
qu'il se rendait les choses faciles ; je savais, moi,
quand il aurait pu s'occuper plus de nous, et comment il aurait pu nous aider davantage. Puis je
songeai que peut-être il le savait lui-même et que
c'était lourd à porter. Mais de toute façon je ne
pouvais rien lui dire. Je me sentis gêné et j'eus le
sentiment qu'il l'était aussi.

« Bon, eh bien...

— Reviens quand tu veux. » Mon père me regarda.

Je ne le crus pas et je fis signe que oui.

13

En juin, la cour prit l'avion et se transporta en Israël pour quinze jours. L'audition du témoin fut l'affaire de quelques journées. Mais juges et procureurs joignirent tourisme et justice : Jérusalem et Tel-Aviv, le Néguev et la mer Rouge. Tout cela était sûrement irréprochable du point de vue des droits à congé et des notes de frais. Il n'empêche que je trouvai cela un peu drôle.

J'avais pensé consacrer ces quinze jours intégralement à mes études. Mais les choses se passèrent autrement que je l'avais décidé et imaginé. Je ne parvenais pas à me concentrer sur mon travail, ni sur les professeurs ni sur les livres. Sans cesse mon esprit vagabondait et se perdait parmi les images.

Je voyais Hanna près de l'église en flammes, le visage dur, en uniforme noir et la cravache à la main. Avec sa cravache, elle dessine des boucles dans la neige et frappe les tiges de ses bottes. Je la voyais se faisant faire la lecture. Elle écoute attentivement, ne pose pas de questions et ne fait pas de remarques. Quand l'heure est finie, elle informe la lectrice qu'elle part le lendemain dans le convoi pour Auschwitz. La lectrice, créature émaciée aux cheveux noirs tondus et aux yeux de myope, se met à pleurer. Hanna frappe de la main contre la cloison, deux femmes entrent, elles aussi des détenues en vêtements rayés, et elles emmènent la lectrice. Je voyais Hanna parcourir des allées de camps, entrer dans des baraquements de détenues, surveiller des chantiers. Elle fait tout avec le même visage dur, yeux froids et lèvres serrées, et les déportées courbent l'échine, piquent du nez sur leur travail, se serrent contre le mur, dans le mur où elles aimeraient disparaître. Quelquefois ce sont des tas de déportées au rassemblement, ou qui courent dans un sens ou dans l'autre, ou se mettent en rangs, ou marchent au pas, et Hanna est là au milieu d'elles et crie des ordres, le visage déformé en une grimace affreuse, et sa cravache accélère l'exécution des ordres. Je voyais le clocher s'abattre sur la nef, et les étincelles jaillir, et j'entendais le désespoir des femmes. Je voyais l'église fumante le lendemain matin.

À côté de ces images, je voyais les autres. Hanna enfilant ses bas à la cuisine, Hanna debout devant la baignoire et tendant le drap de bain, Hanna pédalant jupe au vent, Hanna debout dans le bureau de mon père, Hanna dansant devant la glace, Hanna à la piscine me regardant de loin, Hanna en train de m'écouter, de me parler, de me sourire, de m'aimer. Ce qui était terrible, c'est quand les images se mélangeaient. Hanna en train de m'aimer, les yeux froids et lèvres serrées ; en train d'écouter ma lecture sans un mot et, à la fin, frappant de la main contre la cloison ; en train de me parler et, à la fin, le visage grimaçant. Mais le pire, c'étaient les rêves, où une Hanna dure, autoritaire et cruelle m'excitait sexuellement, et d'où j'émergeais plein de désir, honteux et révolté. Et me demandant avec angoisse qui j'étais finalement.

Je savais que ces images fantasmatiques étaient de pauvres clichés. Elles étaient loin de rendre compte d'Hanna telle que je l'avais connue et telle que je la voyais. Elles étaient pourtant d'une grande force. Elles démolissaient mes souvenirs d'Hanna et se combinaient avec les images du camp que j'avais dans la tête.

Quand je repense aujourd'hui à ces années-là, je suis frappé du peu d'images concrètes que nous avions, du peu d'images représentant la vie et l'extermination dans les camps. Nous connaissions d'Auschwitz le portail avec son inscription, les lits de planches surperposés, les amas de cheveux et de lunettes et de valises ; de Birkenau, le bâtiment de l'entrée avec sa tour, ses ailes et la voie ferrée le traversant ; et de Bergen-Belsen, les monceaux de cadavres que les alliés avaient trouvés à la libération et photographiés. Nous connaissions quelques récits de déportés, mais beaucoup de ces récits, parus peu après la guerre, n'ont pas été réédités avant les années quatre-vingt, et entre-temps avaient disparu des catalogues des éditeurs. Aujourd'hui, on dispose de tant de livres et de films que l'univers des camps est une partie de ce monde de représentations collectives qui complète le monde de la commune réalité. L'imagination est familière de cet univers et, depuis la série télévisée *Holocauste* et les films comme *Le Choix de Sophie* et surtout *La Liste de Schindler,* elle évolue en lui et non seulement le perçoit, mais le complète et brode sur lui. À l'époque, l'imagination bougeait à peine ; elle estimait que le choc dû à l'univers des camps ne se prêtait pas au travail de l'imagination. Elle regardait perpétuellement les quelques images dues aux photographes alliés et aux récits des déportés, jusqu'à ce que ces images se figent et deviennent des clichés.

14

Je décidai de partir. Si du jour au lendemain j'avais pu partir pour Auschwitz, je l'aurais fait. Mais pour obtenir un visa, cela durait des semaines. Je me rendis donc au Struthof, en Alsace. C'était le camp de concentration le plus proche. Je n'en avais encore jamais vu aucun. Je voulais exorciser les clichés par la réalité.

J'ai fait de l'auto-stop et je me souviens avoir été pris par un camionneur qui vidait une bouteille de bière après l'autre, et par un conducteur de Mercedes qui conduisait avec des gants blancs. De l'autre côté de Strasbourg, j'eus de la chance ; la voiture allait à Schirmeck, une petite ville non loin du Struthof.

Quand j'eus dit au conducteur où j'allais exactement, il se tut. Je jetai un regard de son côté, mais je ne pus lire sur son visage pourquoi il avait soudain mis fin à une conversation animée. Il était d'âge moyen et maigre de visage, sa tempe droite portait une tache rouge sombre, tache de naissance ou cicatrice de brûlure, et ses cheveux noirs et raides étaient soigneusement peignés avec une raie. Il regardait la route avec attention.

Devant nous, les Vosges s'abaissaient en collines basses. Entre des vignobles, nous entrions dans une vallée qui s'ouvrait largement et montait en pente douce. Sur les coteaux de part et d'autre, c'était de la forêt mixte, avec parfois une carrière, une usine à toit en shed, une vieille maison de repos, une grande villa à tourelles entre de grands arbres. Tantôt à gauche, tantôt à droite, une voie de chemin de fer nous accompagnait.

Puis l'homme se remit à parler. Il me demanda pourquoi j'allais visiter le Struthof, et je lui parlai du procès et de mon manque d'expérience concrète.

« Ah, vous voulez comprendre comment des gens peuvent faire des choses aussi terribles. » On avait l'impression que c'était légèrement ironique. Mais peut-être était-ce seulement la note dialectale de sa voix et de sa prononciation. Avant que j'aie pu répondre, il continuait : « Qu'est-ce que vous voulez comprendre, en somme ? Qu'on tue par passion, par amour ou par haine, ou pour l'honneur ou pour se venger, vous le comprenez ? »

J'acquiesçai d'un signe de tête.

« Vous comprenez aussi qu'on tue pour devenir riche ou puissant ? Qu'on tue à la guerre, ou dans une révolution ? »

J'acquiesçai encore. « Mais...

170

— Mais ceux qui ont été tués dans les camps n'avaient rien fait à ceux qui les ont tués : c'est ça que vous voulez dire ? Vous voulez dire qu'il n'y avait pas de motif de haine, et pas de guerre ? »

Je ne voulais pas acquiescer encore. Ce qu'il disait était juste, mais pas sa façon de le dire.

« Vous avez raison, il n'y avait pas de guerre et pas de motif de haine. Mais le bourreau ne hait pas non plus celui qu'il exécute, et pourtant il l'exécute. Parce qu'il en a reçu l'ordre ? Vous pensez qu'il fait ça parce qu'il en a reçu l'ordre ? Et vous pensez que je vais parler d'ordres reçus et d'obéissance, et du fait que les gardiens des camps avaient des ordres et devaient obéir ? » Il eut un rire méprisant. « Non, je ne parle pas d'ordres reçus et d'obéissance. Le bourreau n'obéit pas à des ordres. Il fait son travail, il ne hait pas ceux qu'il exécute, il ne se venge pas sur eux, il ne les supprime pas parce qu'ils le gênent ou le menacent ou l'agressent. Ils lui sont complètement indifférents. Ils lui sont tellement indifférents qu'il peut tout aussi bien les tuer que ne pas les tuer. »

Il me regarda : « Pas de *mais* ? Allez-y, dites qu'il n'est pas permis qu'un homme soit à ce point indifférent à un autre. On ne vous a pas appris ça ? La solidarité avec tout ce qui a visage humain ? La dignité humaine ? Le respect de la vie ? »

J'étais révolté et désemparé. Je cherchais un

mot, une phrase qui effacerait tout ce qu'il avait dit et qui lui clouerait le bec.

« J'ai vu un jour, continua-t-il, une photographie de l'exécution de Juifs en Russie. Les Juifs attendent, nus, sur une longue file, quelques-uns sont debout au bord d'une fosse, et derrière eux se tiennent des soldats avec des fusils, qui leur tirent dans la nuque. Cela se passe dans une carrière et, au-dessus des Juifs et des soldats, sur une corniche de la paroi, est assis un officier, les jambes pendantes et fumant une cigarette. Il a l'air un peu maussade. Peut-être trouve-t-il que ça ne va pas assez vite. Mais il y a aussi dans son visage une trace de contentement, voire de satisfaction, peut-être parce que après tout le travail avance et que la journée sera bientôt finie. Il ne hait pas les Juifs. Il n'est pas...

— C'était vous ? Vous qui étiez assis sur la corniche et qui... »

Il stoppa. Il était tout pâle, et la tache sur sa tempe luisait. « Dehors ! »

Je descendis. Il fit demi-tour de telle façon que je dus faire un bond de côté. Je l'entendis encore prendre les prochains virages. Puis ce fut le silence.

Je montai la côte. Aucune voiture ne me doubla, aucune ne me croisa. J'entendais les oiseaux, le vent dans les arbres, parfois le bruit d'un ruisseau. Je respirais, délivré. Au bout d'un quart d'heure, j'avais atteint le camp de concentration.

15

J'y suis retourné il y a peu de temps. C'était en hiver, par une journée claire et froide. Après Schirmeck, il y avait de la neige sur la forêt, qui poudrait de blanc les arbres et couvrait de blanc le sol. L'emprise du camp de concentration, long terrain en pente avec une vaste vue sur les Vosges, était toute blanche sous le soleil. Le bois peint en gris-bleu des miradors à deux ou trois étages et des baraquements bas faisait un joli contraste avec la neige. Bien sûr, il y avait le portail grillagé avec la pancarte « Camp de Concentration de Struthof-Natzweiler », et la double clôture de barbelés entourant le camp. Mais, entre les baraquements subsistants, le sol où d'autres baraquements s'alignaient jadis en rangs serrés ne laissait plus rien soupçonner, sous le manteau de neige luisante, de ce qu'avait été le camp. Ç'aurait pu être une colonie de vacances où les enfants viennent faire de la luge, et où l'on allait les appeler dans ces chalets aux sympathiques fenêtres à petits carreaux pour prendre un chocolat chaud avec des gâteaux.

Le camp était fermé. Je tournai autour en pataugeant dans la neige, et je me retrouvai avec les pieds trempés. Je voyais l'ensemble du camp et je me souvins comment, à ma première visite, j'étais descendu sur les marches entre les fondations des baraquements démontés. Je me rappelai aussi les fours crématoires qu'on montrait alors dans l'un des baraquements, et aussi un autre qui comportait des cellules. Je me rappelais ma vaine tentative, à l'époque, pour me représenter concrètement le camp plein de monde, les détenus, les gardiens, la souffrance. J'avais vraiment essayé, regardant un baraquement, fermant les yeux et imaginant les rangées des autres. J'avais arpenté un baraquement, calculé d'après le prospectus l'effectif de ses occupants, et imaginé combien on y était à l'étroit. J'avais appris que c'était sur les marches entre les baraquements qu'avaient lieu les appels et, parcourant du regard ces marches d'un bout à l'autre du camp, je les avais garnies de rangées de dos. Mais tout cela ne servait à rien, et j'eus le sentiment d'un échec lamentable et honteux. Reprenant ma voiture, je trouvai, plus bas sur la pente, en face d'un restaurant, une petite maison dont il était indiqué que ç'avait été une chambre à gaz. Elle était peinte en blanc, avec des encadrements de portes et de fenêtres en grès, ç'aurait pu être une grange ou une maison pour loger les ouvriers. Elle était fermée aussi, et je ne me suis pas rappelé l'avoir visitée la fois précédente. Je ne suis pas sorti de ma voiture. Je suis resté assis sans arrêter le moteur, à regarder. Puis je suis reparti.

Tout d'abord, je n'osai pas me promener sur le chemin du retour et chercher un restaurant dans ces villages alsaciens pour manger à midi. Mais cette pudeur n'était pas due à une authentique émotion, plutôt à mes réflexions sur la façon dont on devrait se sentir après la visite d'un camp de concentration. Je m'en rendis compte moi-même, je haussai les épaules et, dans un village au flanc des Vosges, je trouvai un restaurant qui s'appelait « Au Petit Garçon ». De ma table, j'avais une vue sur la plaine. « Garçon », c'est comme ça que m'appelait Hanna.

À ma première visite, j'avais parcouru le camp en tous sens jusqu'à l'heure de la fermeture. Ensuite, je m'étais assis au pied du monument érigé au-dessus du camp, que j'étais resté à contempler ainsi d'en haut. Je sentais en moi un grand vide, comme si après le contact concret j'avais cherché non pas à l'extérieur, mais en moi-même, et avais dû constater que je ne pouvais rien y trouver.

Puis la nuit était tombée. J'avais dû attendre une heure avant qu'un petit camion découvert me prenne sur son plateau et me dépose au prochain village, et j'avais renoncé à rentrer en auto-stop le jour même. Je trouvai une chambre bon marché dans une auberge du village et mangeai dans la salle un bifteck mince avec des frites et des petits pois.

À une table voisine, quatre hommes jouaient bruyamment aux cartes. La porte s'ouvrit et, sans dire bonjour, un petit homme âgé entra. Il portait des culottes courtes et avait une jambe de bois. Au comptoir, il demanda une bière. Il tournait le dos à la tablée voisine et lui présentait l'arrière de son énorme crâne chauve. Les joueurs posèrent leurs cartes, pêchèrent les mégots dans leurs cendriers et se mirent à le bombarder. Au comptoir, l'homme agita les mains autour de sa tête comme pour chasser les mouches. Le patron lui servit sa bière. Personne ne disait rien.

Je n'y tins plus, je me levai d'un bond et m'approchai de la table voisine. « Arrêtez ! » Je tremblais d'indignation. À ce moment, l'homme arriva à petits bonds boitillants, tripota sa jambe et soudain brandit à deux mains son pilon et en flanqua un grand coup sur la table, faisant danser verres et cendriers, puis il se laissa tomber sur la chaise libre. Tout cela en riant de sa bouche édentée, d'un petit rire couinant, tandis que les autres riaient de leur rire gras de buveurs de bière. « Arrêtez ! » : ils riaient en me montrant du doigt, « arrêtez ! »

Pendant la nuit, le vent souffla en tempête autour de la maison. Je n'avais pas froid, et le hurlement du vent, le grincement d'un arbre devant ma fenêtre et le claquement épisodique d'un volet n'étaient pas violents au point de m'empêcher de dormir. Mais c'est intérieurement que j'étais de plus en plus agité, jusqu'à me mettre à trembler de tout mon corps. J'étais angoissé, mais non comme quand on s'attend à un événement fâcheux, c'était un état physique. J'étais là couché, j'écoutais le vent, soulagé lorsqu'il faiblissait et faisait moins de bruit, redoutant qu'il se déchaîne à nouveau, et ne sachant pas comment je pourrais me lever le lendemain matin, refaire le trajet en auto-stop, me remettre à mes études et avoir un jour un métier, une femme et des enfants.

Je voulais à la fois comprendre et condamner le crime d'Hanna. Mais il était trop horrible pour cela. Lorsque je tentais de le comprendre, j'avais le sentiment de ne plus le condamner comme il méritait effectivement de l'être. Lorsque je le condamnais comme il le méritait, il n'y avait plus de place pour la compréhension. Mais en même temps je voulais comprendre Hanna ; ne pas la comprendre signifiait la trahir une fois de plus. Je ne m'en suis pas sorti. Je voulais assumer les deux, la compréhension et la condamnation. Mais les deux ensemble, cela n'allait pas.

Le lendemain fut de nouveau une magnifique journée d'été. Le stop marcha bien, et je fus de retour en quelques heures. Je marchai dans la ville comme si j'avais été longtemps absent ; les rues, les immeubles, les gens m'étaient étrangers. Mais l'univers étranger des camps de concentration ne m'était pas pour autant devenu plus proche. Mes impressions du Struthof rejoignirent les quelques images d'Auschwitz, de Birkenau et de Bergen-Belsen que j'avais déjà, et se figèrent tout comme elles.

16

Je suis tout de même allé voir le président du tribunal. Aller voir Hanna, je n'en trouvai pas la
force. Mais ne rien faire, je ne le supportais pas
non plus.

Pourquoi ne trouvai-je pas la force d'aller parler
à Hanna ? Elle m'avait quitté, m'avait menti, elle
n'avait pas été celle que j'avais vue en elle, ou ima-
ginée à sa place. Et qui avais-je été pour elle ? Le
petit liseur qu'elle avait utilisé, le petit amant qui
lui avait donné du plaisir ? Est-ce que moi aussi
elle m'aurait envoyé à la chambre à gaz si elle
n'avait pas pu me quitter tout en voulant se débarrasser de moi ?

Pourquoi je ne supportais pas de ne rien faire ?
Je me disais qu'il fallait empêcher une erreur
judiciaire. Que je devais veiller à ce que justice
soit faite, sans tenir compte du mensonge
d'Hanna, justice en quelque sorte pour et contre
Hanna. Mais ce n'était pas vraiment la justice qui
m'importait. Je ne pouvais pas me détacher

d'Hanna, telle qu'elle était ou voulait être. Il fallait que je m'occupe d'elle d'une façon ou d'une autre, que j'aie quelque influence ou quelque effet sur elle, sinon directement, du moins alors indirectement.

Le président connaissait l'existence de notre séminaire et fut volontiers disposé à m'accorder un entretien au terme d'une audience. Je frappai à sa porte, il me cria d'entrer, me salua et m'invita à m'asseoir sur la chaise face à son bureau, derrière lequel il était assis en bras de chemise. Sa robe pendait sur le dossier et les accoudoirs ; il s'en était débarrassé alors qu'il était déjà assis. Il avait l'air fatigué et content comme un homme qui a fini sa journée. Sans l'expression irritée derrière laquelle il s'abritait pendant les audiences, il avait une bonne tête de fonctionnaire, intelligent et inoffensif. Il se mit à bavarder en me posant toutes sortes de questions. Que pensait du procès notre groupe d'étudiants, que voulait faire notre professeur de nos comptes rendus, où en étions-nous de nos études, dans quel semestre j'étais moi-même, pourquoi je faisais du droit et quand est-ce que je me présenterais à l'examen final ? Que surtout, surtout, je n'attende pas trop longtemps.

Je répondis à toutes ses questions. Puis je l'écoutai me raconter ses études et son examen. Il avait tout fait comme il faut. Il avait suivi au bon moment les bons travaux dirigés et les bons séminaires, il y avait obtenu de bons résultats et avait finalement bien passé l'examen final. Il était heureux d'être juriste et d'être juge, et s'il avait dû recommencer ce qu'il avait fait, il aurait refait pareil.

La fenêtre était grande ouverte. Sur le parking, on entendait des portières claquer et des moteurs démarrer. Je suivais les voitures à l'oreille jusqu'à ce que leur bruit fût absorbé dans le flot bruissant de la circulation. Puis des enfants se mirent à jouer et à crier sur le parking vide. Quelquefois on entendait distinctement une parole : un nom, une injure, un appel.

Le président se leva et me remercia de ma visite, disant que je pouvais revenir quand je voulais si j'avais d'autres questions. Ou si j'avais besoin de conseils pour mes études. Il serait heureux que les étudiants du séminaire l'informent de ce qu'ils auraient tiré du procès comme matière à analyse et comme appréciation.

Je traversai le parking vide. Je me fis indiquer par un grand garçon le chemin de la gare. Mes camarades étaient repartis en voiture dès la fin de l'audience et il fallait que je prenne le train. C'était une navette de fin de journée qui s'arrêtait à toutes les gares, des gens montaient et descendaient, j'étais assis côté fenêtre, sans cesse environné d'autres voyageurs, d'autres conversations, d'autres odeurs. À l'extérieur défilaient des maisons, des routes, des autos, des arbres, et au loin les montagnes, les châteaux et les carrières. Je percevais tout et ne ressentais rien. Je n'étais plus blessé qu'Hanna m'eût quitté, qu'elle m'eût menti et utilisé. Je n'avais plus non plus le besoin de m'occuper d'elle à tout prix. Je sentais que l'anesthésie sous laquelle j'étais en suivant les atrocités du procès se portait sur mes sentiments et mes idées des dernières semaines. Je ne dirais pas que j'en étais heureux, ce serait beaucoup dire. Mais je sentais que c'était ce qu'il fallait. Que cela me permettrait de réintégrer ma vie quotidienne et d'y continuer à vivre.

17

C'est en juin que le verdict fut prononcé.
Hanna fut condamnée à la détention à perpétuité.
Les autres à diverses peines d'emprisonnement.

La salle était pleine comme pour l'ouverture du
procès : le personnel judiciaire, des étudiants de
l'université locale et de la mienne, une classe de
lycée, des journalistes de la presse nationale et
internationale, plus les gens qui fréquentent toujours les prétoires. Il y avait du bruit. Lorsqu'on
introduisit les accusées, personne ne fit d'abord
attention à elles. Mais ensuite le public se tut. Les
premiers à faire silence furent ceux qui étaient
placés devant, près des accusées. Ils se donnèrent
des coups de coude, puis se retournèrent vers
ceux qui étaient derrière eux. « Mais regardez ! »
chuchotaient-ils, et ceux qui regardaient pous-
saient du coude leurs voisins et se retournaient en
chuchotant : « Mais regardez ! » Et pour finir le
silence fut complet dans la salle.

Je ne sais si Hanna était consciente de l'allure

qu'elle avait, ou si peut-être même c'était délibéré. Elle portait un tailleur noir et un corsage blanc, et la coupe du tailleur et la cravate sur le corsage faisaient qu'elle avait l'air d'être en uniforme. Je n'ai jamais vu l'uniforme des femmes qui travaillaient pour les SS, mais j'eus l'impression, et tout le public avec moi, d'avoir devant les yeux cet uniforme, et la femme qui avait travaillé pour les SS et fait tout ce dont Hanna était accusée.

Le public recommença à murmurer. Beaucoup de gens étaient manifestement indignés. Ils estimaient qu'Hanna insultait la justice, le jugement et eux-mêmes, venus assister à la lecture du verdict. Le ton monta, et certains crièrent à Hanna ce qu'ils pensaient d'elle, jusqu'à ce que juges et jurés pénètrent dans la salle et que le président, après un regard irrité en direction d'Hanna, prononce le verdict. Hanna l'écouta debout, toute droite et sans le moindre mouvement. À la lecture des attendus, elle resta assise. Je ne quittai pas des yeux sa tête et son cou.

La lecture dura plusieurs heures. Lorsque l'audience fut levée et qu'on emmena les accusées, j'attendis de voir si Hanna me regarderait. J'étais à la place que j'avais toujours occupée. Mais elle regarda droit devant elle sans rien voir. Un regard hautain, blessé, perdu et infiniment las. Un regard qui ne veut rien voir ni personne.

TROISIÈME PARTIE

1

L'été qui suivit le procès, je le passai dans la salle de lecture de la bibliothèque de l'université. J'arrivais à l'ouverture et partais à la fermeture. Je travaillais de façon si obsessionnelle et si exclusive que les sentiments et les idées que le procès avait anesthésiés le restaient. Je fuyais les contacts. Je quittai la maison et pris une chambre. Les rares relations qui m'adressaient la parole à la bibliothèque, ou quand parfois j'allais au cinéma, se faisaient rabrouer.

Pendant le semestre d'hiver, je ne changeai guère de comportement. Néanmoins on me demanda si je voulais venir avec un groupe d'étudiants passer Noël dans un chalet pour faire du ski. Tout étonné, j'acceptai.

Je n'étais pas un bon skieur. Mais j'aimais bien ça, j'étais rapide et capable de suivre les bons skieurs. Quelquefois, dans des descentes en fait trop dures pour moi, je risquais chutes et fractures. Je le faisais exprès. L'autre risque que je prenais et dont je finis par être victime, je n'en avais nullement conscience.

Je n'avais jamais froid. Tandis que les autres skiaient en pulls et blousons, j'étais en chemise. Les autres hochaient la tête et se moquaient de moi. Même lorsqu'ils me mettaient en garde avec inquiétude, je ne prenais pas la chose au sérieux. Je ne sentais pas le froid, voilà tout. Quand je me mis à tousser, j'attribuai cela aux cigarettes autrichiennes. Quand je me mis à avoir de la fièvre, j'y trouvai plaisir. Je me sentais à la fois faible et léger, mes sensations étaient agréablement amorties, ouatées, voluptueuses. Je planais.

J'eus ensuite une très forte fièvre et je fus hospitalisé. Lorsque je ressortis de l'hôpital, l'anesthésie avait disparu. Toutes les questions, les angoisses, les accusations et les reproches, toute l'horreur et toute la douleur qui s'étaient déclarés pendant le procès et avaient aussitôt été anesthésiés étaient de nouveau là, et restèrent là. J'ignore quel diagnostic posent les médecins quand quelqu'un n'a pas froid alors qu'il devrait. Mon diagnostic à moi, c'est qu'il fallait que l'anesthésie s'emparât physiquement de moi avant de me lâcher, avant que je puisse m'en débarrasser.

Quand j'eus terminé mes études et commencé mes années de stage, ce fut l'été du mouvement étudiant. Je m'intéressais à l'histoire et à la sociologie, et j'étais encore assez dans l'université, comme stagiaire, pour être dans le bain. Être dans le bain ne voulait pas dire être dans le coup : l'université et sa réforme m'étaient en somme tout aussi indifférentes que le Viêt-cong et les Américains. Quant au troisième et véritable thème du mouvement étudiant, la confrontation avec le passé nazi, je me sentais tellement loin des autres étudiants que je ne voulais pas faire de l'agitation ni manifester avec eux.

Il m'arrive de penser que la confrontation avec le passé nazi n'était pas la cause, mais seulement l'expression du conflit de générations qu'on sentait être le moteur du mouvement étudiant. Les aspirations des parents, dont chaque génération doit se délivrer, se trouvaient tout simplement liquidées par le fait que ces parents, sous le Troisième Reich ou au plus tard au lendemain de son effondrement, n'avaient pas été à la hauteur. Comment voulait-on qu'ils aient quelque chose à dire à leurs enfants, ces gens qui avaient commis les crimes nazis, ou les avaient regardé commettre, ou avaient détourné les yeux ? Mais d'autre part, le passé nazi était un sujet aussi pour les enfants qui ne pouvaient ou ne voulaient rien reprocher à leurs parents. Pour eux, la confrontation avec le passé nazi n'était pas la forme que prenait le conflit des générations, c'était le véritable problème.

Quelque consistance que puisse avoir, ou ne pas avoir, moralement et juridiquement, la culpabilité collective, pour ma génération d'étudiants ce fut une réalité vécue. Elle ne concernait pas uniquement ce qui s'était passé sous le Troisième Reich. Que des tombes juives soient barbouillées de croix gammées, que tant d'anciens nazis fassent carrière dans les tribunaux, l'administration et les universités, que la République fédérale ne reconnaisse pas l'État d'Israël, que l'émigration et la résistance tiennent moins de place dans les livres que la collaboration et la soumission : tout cela nous remplissait de honte, même quand nous pouvions montrer du doigt les coupables. Le doigt tendu vers les coupables ne nous exemptait pas de la honte. Mais il nous permettait d'en souffrir moins. Il transformait la souffrance passive causée par la honte en énergie, en activisme, en agressivité. Et le conflit avec des parents coupables était particulièrement énergétique.

Je ne pouvais montrer personne du doigt. Surtout pas mes parents, à qui je n'avais rien à reprocher. Le zèle d'élucidation qui m'avait fait condamner mon père à la honte, du temps de ma participation au séminaire sur les camps, m'avait passé et me mettait désormais mal à l'aise. Mais ce que d'autres, dans mon univers social, avaient fait pour se rendre coupables était à tous les coups moins grave que ce qu'avait fait Hanna. J'aurais dû en fait montrer Hanna du doigt. Mais ce doigt m'aurait visé aussi. Je l'avais aimée. Je ne l'avais pas seulement aimée, je l'avais choisie. J'ai essayé de me dire que, lorsque j'avais choisi Hanna, je ne savais rien de ce qu'elle avait fait. J'ai tenté par là de me persuader que j'étais dans l'état d'innocence qui est celui des enfants aimant leurs parents. Mais l'amour qu'on porte à ses parents est le seul amour dont on ne soit pas responsable.

Et peut-être est-on responsable même de l'amour qu'on porte à ses parents. À l'époque, j'ai envié les autres étudiants qui prenaient leurs distances face à leurs parents, et du même coup face à toute la génération des criminels, des spectateurs passifs, des aveugles volontaires, de ceux qui avaient toléré et accepté : ils surmontaient ainsi sinon leur honte, du moins la souffrance qu'elle leur causait. Mais d'où venait cette superbe assurance avec laquelle je les voyais si souvent juger ? Comment peut-on éprouver honte et culpabilité, et en même temps juger avec cette superbe assurance ? Ces distances prises par rapport aux parents, n'était-ce qu'une rhétorique, un bruit, un brouillage, cherchant à dissimuler que l'amour pour les parents avait irrémédiablement entraîné une complicité dans leurs crimes ?

Ce sont des idées qui me sont venues plus tard. Et même plus tard, elles ne m'ont pas réconforté. Comment pourrait-ce être un réconfort, que mon amour pour Hanna soit en quelque sorte le destin de ma génération, le destin allemand, auquel j'aurais su seulement me soustraire moins bien, que j'aurais moins bien su camoufler que les autres ? Et pourtant, cela m'aurait fait du bien, à l'époque, si j'avais pu me sentir lié à ma génération.

2

Je me suis marié quand j'étais encore stagiaire.
Gertrude et moi nous étions connus au ski et,
quand les autres repartirent à la fin des vacances,
elle resta jusqu'à ce que je sorte de l'hôpital et
qu'elle puisse me ramener. Elle était aussi juriste ;
nous avons fait nos études ensemble, passé l'examen de fin d'études ensemble, et nous sommes
devenus stagiaires ensemble. Nous nous sommes
mariés quand Gertrude attendait un enfant.

Je ne lui ai rien dit d'Hanna. Qui a envie, me
disais-je, d'entendre parler des amours précé-
dentes de l'autre, à moins d'en représenter le
plein épanouissement ? Gertrude était intelli-
gente, travailleuse et droite, et si notre vie avait
consisté à gérer une ferme, avec beaucoup de
valets et de servantes, beaucoup d'enfants, beaucoup de travail et sans aucun temps à consacrer
l'un à l'autre, cette vie aurait pu être pleine et
heureuse. Mais notre vie, c'était un trois-pièces
dans un immeuble neuf de banlieue, c'était notre

fille Julia et notre travail de stagiaires à Gertrude et à moi. Jamais je n'ai pu cesser de comparer mon intimité avec Gertrude à mon intimité avec Hanna, et sans cesse, quand nous étions dans les bras l'un de l'autre, j'avais l'impression que quelque chose clochait, qu'il y avait erreur sur la personne : que le contact et le toucher, l'odeur et le goût n'étaient pas les bons. Je pensais que ça passerait. Je l'espérais. Je voulais me libérer d'Hanna. Mais l'impression que quelque chose clochait n'est jamais passée.

Lorsque Julia eut cinq ans, nous avons divorcé. Nous ne pouvions plus continuer ni l'un ni l'autre, nous nous sommes séparés sans amertume et sommes restés en relation loyale. Ce qui m'a tourmenté, c'est que nous privions Julia de la sécurité rassurante dont elle manifestait le désir. Quand Gertrude et moi étions l'un de l'autre proches et affectionnés, Julia était comme un poisson dans l'eau. Elle était dans son élément. Lorsqu'elle remarquait entre nous des tensions, elle courait de l'un à l'autre en nous assurant qu'on était gentils et qu'elle nous aimait. Elle voulait un petit frère et aurait sûrement été heureuse d'avoir des frères et sœurs. Longtemps, elle ne comprit pas ce qu'était le divorce ; quand je venais en visite, elle voulait que je reste, et quand elle venait me voir, elle voulait que Gertrude l'accompagne. Lorsque par la fenêtre elle me regardait partir et que je montais dans ma voiture sous son regard triste, cela me fendait le cœur. Et j'avais le sentiment que ce que nous lui refusions n'était pas seulement un désir, mais qu'elle y avait droit. Nous l'avons malhonnêtement privée de ce droit en divorçant, et que nous l'ayons fait en plein accord ne coupe pas la faute en deux.

Je me suis efforcé d'aborder et d'engager mieux mes amours ultérieures. Je me suis avoué que, pour que l'intimité avec une femme ne cloche pas, il fallait que je retrouve avec elle un peu du contact et du toucher, un peu de l'odeur et du goût d'Hanna. Et j'ai parlé d'Hanna. J'ai aussi raconté aux autres femmes plus de choses sur moi que je n'en avais raconté à Gertrude ; il fallait qu'elles puissent savoir à quoi rimait ce qui pouvait leur paraître étrange dans mon comportement et mes états d'âme. Mais les femmes ne tenaient pas à m'écouter longtemps. Je me souviens d'Helen, une Américaine spécialiste de littérature, qui me caressait gentiment le dos sans dire mot tandis que je parlais, et qui continuait tout aussi gentiment à me caresser le dos, toujours sans un mot, quand je m'arrêtais de parler. Gesina, qui était psychanalyste, estimait que je devrais perlaborer mon rapport à ma mère. Est-ce que je n'étais pas frappé par la quasi-absence de ma mère dans mon histoire ? Hilke, qui était dentiste, me posait sans cesse des questions sur ma vie antérieure à notre rencontre, mais oubliait aussitôt ce que je lui racontais. Je renonçai donc à raconter. Si la vérité de ce qu'on dit, c'est ce qu'on fait, on peut aussi bien renoncer à parler.

3

Au moment où je passais la deuxième partie de mon examen de fin d'études, le professeur qui avait organisé le séminaire sur les camps mourut. Gertrude tomba sur l'annonce de son décès dans le journal. L'enterrement avait lieu au Bergfriedhof, dans les collines. Est-ce que je ne voulais pas y aller ?

Je ne voulais pas. L'enterrement était un jeudi après-midi, et j'avais des épreuves écrites le jeudi matin et le vendredi matin. Et puis le professeur et moi n'avions pas été particulièrement proches. Et je n'aimais pas les enterrements. Et je n'avais pas envie qu'on me rappelle le procès.

Mais il était déjà trop tard. Le souvenir était réveillé et, en sortant de l'épreuve du jeudi matin, j'eus l'impression d'avoir avec le passé un rendez-vous que je n'avais pas le droit de rater.

J'ai pris le tramway, ce que je ne faisais jamais d'habitude. Cela constituait déjà une rencontre avec le passé, comme de revenir en un lieu familier qui a changé d'aspect. Du temps où Hanna était aux tramways, il y avait des rames de deux ou trois voitures avec des plates-formes aux deux bouts et des marchepieds où l'on pouvait encore sauter en marche, et puis un cordon d'un bout à l'autre qui servait au receveur à donner le signal du départ. En été, les trams roulaient plates-formes découvertes. Le receveur vendait les tickets, les poinçonnait et les contrôlait, il annonçait le nom des arrêts, prévenait du départ, avait un œil sur les enfants qui se bousculaient sur les plates-formes, pestait contre les voyageurs qui sautaient en marche, et interdisait de monter quand c'était complet. Il y avait des receveurs rigolos, spirituels, sérieux, grognons ou grossiers, et leur caractère et leur humeur déterminaient aussi l'ambiance qui régnait dans la voiture. Quelle bêtise ç'avait été, après la surprise ratée du trajet vers Schwetzingen, de ne pas avoir épié et connu Hanna en receveuse !

Je montai dans une rame sans receveur et roulai vers le cimetière. C'était un jour d'automne froid, avec un ciel sans nuages mais brumeux et un de ces soleils jaunes qui ne chauffent plus et qu'on peut regarder sans que cela fasse mal aux yeux. Je dus chercher un moment avant de trouver la tombe, où se déroulait aussi la cérémonie des obsèques. Je marchais sous de grands arbres nus, entre de vieilles pierres tombales. Je rencontrais çà et là un jardinier, ou une vieille femme armée d'un arrosoir et d'un sécateur. Il n'y avait aucun bruit, et j'entendis de loin le cantique chanté sur la tombe du professeur.

Je me tins à l'écart et observai le petit groupe qui participait à la cérémonie. Certaines personnes étaient manifestement des originaux et des marginaux. Les discours sur la vie et l'œuvre du professeur laissaient entendre qu'il s'était lui-même soustrait aux contraintes de la société et avait fini par perdre le contact avec elle, restant du même coup indépendant et devenant marginal.

Je reconnus un ancien participant du séminaire sur les camps ; il avait passé son examen de fin d'études avant moi, était devenu d'abord avocat, puis cafetier, et arborait un long manteau rouge. Il vint me parler lorsque tout fut terminé, tandis que je me dirigeais vers la sortie du cimetière. « On était ensemble au séminaire, tu ne te rappelles pas ?

— Si. » Nous nous serrâmes la main.

« J'assistais toujours au procès le mercredi, et je t'emmenais parfois en voiture. » Il eut un rire. « Toi, tu y étais tous les jours, tous les jours et toutes les semaines. Est-ce que maintenant tu me diras pourquoi ? » Il me regardait d'un air gentiment inquisiteur, et je me souvins que ce regard m'avait déjà frappé au séminaire.

« Le procès m'intéressait beaucoup.

— Le procès t'intéressait beaucoup ? » Il rit encore. « Le procès, ou l'accusée que tu ne quittais pas des yeux ? Celle qui n'était pas mal du tout ? On se demandait tous ce qu'il y avait entre vous, mais personne n'osait te poser la question. On était terriblement discrets et gentils, à l'époque. Tu te souviens... » Il rappela un autre étudiant du séminaire qui bégayait ou zézayait et parlait beaucoup pour ne dire que des sottises, et que nous écoutions religieusement. Puis il passa à d'autres participants du séminaire, évoquant leur façon d'être à l'époque et ce qu'ils étaient devenus. Il parlait, parlait. Mais je savais que pour finir il me reposerait la question : « Enfin, bref, qu'est-ce qu'il y avait entre toi et ton accusée ? » Et je ne voyais pas ce que je répondrais, comment je ferais pour nier, avouer ou éluder la question.

Puis nous arrivâmes à la porte du cimetière et il la posa. Le tram arrivait juste à l'arrêt, et je lançai « salut ! » en me mettant à courir comme si j'avais pu sauter sur le marchepied, et je courus à côté de la voiture et frappai du plat de la main sur la portière, et il se passa ce que je n'avais pas cru possible, pas osé espérer. Le tram s'arrêta de nouveau, la portière s'ouvrit et je montai.

4

Au terme de mes années de stage, il fallait que je me décide pour une profession. Je me laissai du temps ; Gertrude débuta tout de suite comme juge, elle eut énormément à faire et nous fûmes heureux que je puisse rester à la maison et m'occuper de Julia. Lorsque Gertrude sortit des difficultés du début et que Julia fut à la maternelle, ma décision devint urgente.

Elle était plus que difficile. Je ne me voyais dans aucun des rôles que j'avais vu les juristes jouer au procès d'Hanna. L'accusation m'apparaissait comme une simplification tout aussi grotesque que la défense, et le rôle de juge était encore la plus grotesque des simplifications. Je ne me voyais pas davantage en administratif ; j'avais fait une partie de mon stage au Conseil général, et j'avais trouvé ces bureaux, ces couloirs, cette odeur et ces employés d'une grisaille stérile et déprimante.

Cela ne me laissait pas beaucoup de professions juridiques, et je ne sais pas ce que j'aurais fait si un professeur d'histoire du droit ne m'avait pas offert de travailler avec lui. Gertrude déclara que c'était une fuite, une fuite devant le défi et la responsabilité de la vie, et elle avait raison. Je pris la fuite, et je fus soulagé de pouvoir le faire. Je lui dis et me dis que ce n'était pas pour toujours, que j'étais assez jeune, après quelques années dans l'histoire du droit, pour embrasser encore n'importe quelle profession juridique bien réelle. Mais ce fut pour toujours ; cette première fuite fut suivie d'une seconde, lorsque je passai de l'université à un institut de recherche, où je me cherchai et me trouvai une niche où satisfaire mes intérêts d'historien du droit sans avoir besoin de personne ni déranger personne.

Seulement voilà : fuir n'est pas seulement partir, c'est aussi arriver quelque part. Et le passé où je me retrouvai en tant qu'historien du droit n'était pas moins vivant que le présent. Et contrairement à ce que pourrait penser le profane, l'historien ne se contente pas d'observer seulement cette vie passée tout en prenant part à la vie présente. Faire de l'histoire consiste à lancer des passerelles entre le passé et le présent, à observer les deux rives et à être actif de part et d'autre. L'un de mes domaines de recherche se trouva bientôt être le droit sous le Troisième Reich, et là il est particulièrement manifeste que passé et présent confluent en une seule et même réalité vivante. En la matière, la fuite ne consiste pas à s'occuper du passé, mais à se concentrer résolument sur le présent et l'avenir en étant aveugle à l'héritage dont nous sommes marqués et avec lequel nous devons vivre.

Cela dit, je ne dissimulerai pas la satisfaction éprouvée à se plonger dans des passés dont la signification pour le présent est moindre. La première fois que je l'ai ressentie, ce fut en travaillant sur des législations et des projets législatifs de l'époque des Lumières. Ces textes étaient sous-tendus par la conviction que le monde est bâti sur un ordre bon, et que par conséquent l'on peut aussi mettre le monde en bon ordre. Je prenais le plus grand plaisir à voir comment cette conviction produisait des articles qui étaient autant de gardiens du bon ordre et comment ils s'articulaient en lois qui voulaient être belles et établir par leur beauté la preuve de leur vérité. J'ai longtemps cru qu'il existait un progrès dans l'histoire du droit, une évolution, en dépit de petits reculs et de terribles régressions, vers plus de beauté et de vérité, plus de rationalité et d'humanité. Depuis que cette croyance s'est révélée chimérique, j'aime à me représenter autrement le cours de l'histoire du droit : l'image avec laquelle je joue est celle d'un cours qui est certes orienté vers un but, mais le but où il parvient, après toutes sortes de convulsions, de confusions et d'aberrations, n'est autre que son point de départ, d'où il lui faudra repartir à peine arrivé.

Je relisais à l'époque l'*Odyssée*, que j'avais lue au lycée et dont je me souvenais comme de l'histoire d'un retour au pays. Mais ce n'est pas l'histoire d'un retour au pays. Comment voudrait-on d'ailleurs que les Grecs, qui savaient qu'on ne se baigne jamais deux fois dans le même fleuve, aient cru à un tel retour ? Ulysse ne revient pas pour rester, mais pour repartir. L'*Odyssée* est l'histoire d'un mouvement qui à la fois vise un but et n'en a pas, une histoire de succès vains. Tout comme l'histoire du droit.

5

J'ai commencé par l'*Odyssée*. Je l'ai lue après que Gertrude et moi nous fûmes séparés. Pendant des nuits, je n'arrivais à dormir que quelques heures ; je restais éveillé, et quand j'allumais et prenais un livre, j'avais les yeux qui se fermaient, et quand je posais le livre et éteignais la lumière, de nouveau je ne pouvais pas dormir. C'est comme ça que je me suis mis à lire à haute voix. Je n'avais plus les yeux qui se fermaient. Et comme dans mes ruminations à demi éveillées, toutes mêlées de souvenirs et de rêves, où je ressassais indéfiniment mon mariage et ma fille et ma vie, je voyais sans cesse Hanna prendre le dessus, je me mis à lire pour Hanna. À lire pour elle sur cassettes.

Avant que j'envoie les cassettes, cela dura plusieurs mois. D'abord, je ne voulus pas envoyer des extraits, et j'attendis d'avoir enregistré toute l'*Odyssée*. Puis je me demandai si Hanna trouverait l'*Odyssée* suffisamment intéressante, et j'enregistrai ce que je m'étais mis à lire ensuite, des nouvelles de Schnitzler et de Tchekhov. Puis je remis long-temps de téléphoner au tribunal où Hanna avait été condamnée, afin de savoir où elle purgeait sa peine. Enfin j'eus tout ensemble, l'adresse d'Hanna dans une prison proche de la ville où elle avait été jugée, un magnétophone à cassettes, et les cassettes numérotées, de Tchekhov à Homère et passant par Schnitzler. Et enfin j'envoyai effec-tivement le colis contenant le magnétophone et les cassettes.

J'ai retrouvé récemment le cahier où j'ai noté, au fil des années, ce que j'enregistrais pour Hanna. Les douze premiers titres ont manifeste-ment été notés en même temps ; j'ai sans doute commencé par lire les choses à la file, pour m'apercevoir ensuite que, sans notes, je ne retien-drais pas ce que j'avais déjà lu. Les titres suivants sont parfois assortis d'une date, parfois non, mais je sais que le premier envoi date de sa huitième année de détention, et le dernier de sa dix-hui-tième. C'est au cours de cette dix-huitième année qu'il fut accédé à son recours en grâce.

Je lisais essentiellement à Hanna ce que j'avais moi-même envie de lire au moment. Pour l'*Odys-sée*, j'eus du mal, au début, à me pénétrer autant du texte en lisant à haute voix qu'en lisant pour moi. Et puis c'est venu. Restait l'inconvénient que la lecture à haute voix durait plus longtemps. En revanche, ce que j'avais lu se gravait davantage dans la mémoire. Aujourd'hui encore, je me rappelle beaucoup de choses très précisément.

Mais j'enregistrais aussi ce que je connaissais déjà et que j'aimais. Hanna reçut ainsi beaucoup de Keller et de Fontane, de Heine et de Mörike. Longtemps, je n'osai pas lire de poésie à haute voix, ensuite j'y pris beaucoup de plaisir, et j'appris par cœur quantité de poèmes que j'enregistrais. Je suis encore capable de les réciter aujourd'hui.

Au total, les titres consignés dans ce cahier manifestent un solide attachement à la culture bourgeoise classique. Je ne me rappelle d'ailleurs pas m'être jamais demandé si je devais aller au-delà de Kafka, Frisch, Johnson, Bachmann et Lenz, et lire de la littérature d'avant-garde, de celle où je ne discerne pas l'histoire et n'aime aucun des personnages. Pour moi, il allait de soi que cette littérature expérimentale fait des expériences sur le lecteur, et nous n'avions que faire de cela, Hanna comme moi.

Lorsque je me mis moi-même à écrire, je lus aussi mes textes à Hanna. J'attendais d'avoir dicté ce que j'avais écrit à la main, d'avoir retravaillé le manuscrit dactylographié et d'avoir le sentiment que, là, c'était fini. En lisant à haute voix, je me rendais compte si c'était juste en termes de sensibilité. Si ce n'était pas le cas, je pouvais tout retravailler encore, et réenregistrer une nouvelle version sur l'ancienne. Mais je n'aimais pas faire ça.

Je voulais conclure par la lecture à haute voix. Hanna devint l'instance devant laquelle je ramassais une dernière fois toutes mes énergies, toute ma créativité, toute mon imagination critique. Ensuite, je pouvais envoyer le manuscrit chez l'éditeur.

Je ne faisais, sur les cassettes, aucune remarque personnelle, je ne m'enquérais pas d'Hanna, je ne disais rien sur moi. Je lisais le titre, le nom de l'auteur, et le texte. Quand le texte était fini, j'attendais un petit moment, je refermais le livre, et j'appuyais sur la touche « stop ».

6

Au cours de la quatrième année de ce contact à la fois bavard et muet, je reçus un mot. « Garçon, la dernière histoire était particulièrement bien. Merci. Hanna. »

Le papier était quadrillé, une page arrachée d'un cahier et retaillée aux ciseaux. Le texte était tout en haut, sur trois lignes. Il était écrit avec un stylo à bille bleu qui bavait. Hanna avait appuyé très fort, les lettres marquaient même au verso. L'adresse aussi était écrite avec beaucoup de force ; elle pouvait se lire en creux sur les deux moitiés du papier plié en deux.

Au premier coup d'œil, on aurait pu croire que c'était une écriture d'enfant. Mais ce qui est là gauche et maladroit était ici forcé. On voyait la résistance qu'avait dû vaincre Hanna pour agencer les traits en lettres et les lettres en mots. La main de l'enfant a envie de dérailler de-ci, de-là, il faut la maintenir sur la voie. La main d'Hanna n'avait envie d'aller nulle part, il fallait la forcer à avancer. Les traits qui formaient les lettres recommençaient chaque fois à zéro, en montant, en descendant, devant les liés et les boucles. Et chaque lettre était une nouvelle conquête, droite ou penchée autrement que la précédente, et souvent aussi trop haute ou trop large.

Je lus ce mot et fus envahi de joie et de jubilation. « Elle écrit, elle écrit ! » Tout ce que j'avais pu trouver sur l'analphabétisme au cours de toutes ces années, je l'avais lu. Je savais le désarroi qu'il impliquait dans la vie de tous les jours, pour trouver un chemin ou une adresse ou choisir un plat au restaurant, je savais l'anxiété qui fait suivre des schémas tout préparés et une routine bien éprouvée, je savais quelle énergie cela exige de dissimuler qu'on ne sait ni lire ni écrire, et que cette énergie est prise sur la vie. L'analphabétisme condamne à un statut de mineur. En ayant le courage d'apprendre à lire et à écrire, Hanna avait franchi le pas vers la majorité et l'autonomie, dans une démarche d'émancipation.

Puis, contemplant l'écriture d'Hanna, je vis combien d'énergie et de lutte lui avait coûté d'écrire. J'étais fier d'elle. En même temps, j'étais triste pour elle, triste de sa vie retardée et ratée, triste des retards et des ratages de la vie en général. Je songeai que quand on a laissé passer le bon moment, quand on a trop longtemps refusé quelque chose, ou que quelque chose vous a trop longtemps été refusé, cela vient trop tard, même lorsqu'on l'affronte avec force et qu'on le reçoit avec joie. À moins que le « trop tard » n'existe pas, qu'il n'y ait que le « tard », et que ce « tard » soit toujours mieux que « jamais »? Je ne sais pas.

Après ce premier mot, les suivants se succédèrent régulièrement. C'étaient toujours quelques lignes, un remerciement, le souhait d'écouter autre chose du même auteur, ou de ne plus en écouter, une remarque sur un écrivain, sur un poème, une histoire, un personnage de roman, ou bien une notation venue de la prison. « Dans la cour, les forsythias sont déjà en fleur », ou « j'aime bien qu'il y ait tous ces orages, cet été », ou bien « je vois par la fenêtre que les oiseaux se rassemblent pour partir vers le sud »... Souvent, sans ces notations d'Hanna, je n'aurais même pas remarqué les forsythias, les orages ou les vols d'oiseaux. Ses remarques littéraires étaient souvent étonnamment justes. « Schnitzler aboie, Stefan Zweig est un chien empaillé », ou « Keller a besoin d'une femme », ou « les poèmes de Goethe sont comme des petits tableaux dans de jolis cadres », ou « Lenz écrit sûrement à la machine ». Comme elle ne savait rien des auteurs, elle supposait que c'étaient des contemporains aussi longtemps que ce n'était pas manifestement exclu. J'étais stupéfait de voir la quantité d'œuvres anciennes qui peuvent effectivement se lire comme si elles étaient d'aujourd'hui. Et qui ne sait rien de l'histoire du monde peut tout à fait, à

211

l'évocation de vies d'autrefois, y voir tout simplement l'évocation de la vie dans des pays lointains.

Jamais je n'ai écrit à Hanna. Mais je n'ai jamais cessé d'enregistrer pour elle. Lorsque j'ai passé un an en Amérique, je lui ai envoyé des cassettes de là-bas. Quand je partais en vacances ou que j'avais vraiment beaucoup de travail, il pouvait arriver que je mette du temps à finir une cassette. Je ne me suis jamais tenu à un rythme fixe, j'envoyais une cassette par semaine ou tous les quinze jours, parfois seulement au bout de trois semaines ou d'un mois. Qu'elle sût lire désormais et pût se passer de mes cassettes, cela ne m'a jamais gêné. Elle pouvait bien lire en plus. Ma lecture à haute voix était ma façon de lui parler, de parler avec elle.

J'ai conservé tous ses petits mots. L'écriture change. Elle s'oblige d'abord à pencher les lettres de la même façon, à leur donner la même hauteur, la même largeur. Une fois qu'elle y est arrivée, l'écriture est plus aisée et plus assurée, mais jamais elle ne coule. En revanche, elle prend quelque chose de cette beauté austère qu'a l'écriture des vieilles personnes qui ont peu écrit dans leur vie.

7

Je ne me suis même pas demandé, à l'époque, si Hanna serait libérée un jour. L'échange des cassettes et des petits mots était si normal et familier, et Hanna m'était si librement proche et lointaine à la fois que j'aurais pu faire durer cet état de choses indéfiniment. C'était égoïste et facile, je sais.

Puis arriva la lettre de la directrice de la prison :

Vous êtes en correspondance depuis des années avec Mme Schmitz. C'est le seul contact qu'elle ait avec l'extérieur et c'est pourquoi je m'adresse à vous bien que j'ignore à quel degré vous êtes liés, et si vous êtes un ami ou un parent.

Mme Schmitz va déposer l'an prochain un recours en grâce et j'ai tout lieu de supposer que la commission compétente y accédera. Mme Schmitz sera alors bientôt remise en liberté — après dix-huit années de détention. Nous sommes naturellement susceptibles de lui procurer un logement et un travail, ou du moins de nous y efforcer ; pour le travail, ce ne sera pas facile vu son âge, même si elle est en parfaite santé et si elle a fait preuve, dans notre atelier de couture, de beaucoup d'habileté. Mais plutôt que nous, il vaut toujours mieux que ce soient des parents ou des amis qui s'en chargent et qui aient les libérés non loin d'eux, pour les entourer et les soutenir. Vous ne pouvez imaginer à quel point on peut être seul et désemparé, une fois dehors, après dix-huit années de détention.

Mme Schmitz est très capable de se débrouiller et elle s'en sortira, même seule. Il suffirait que vous lui trouviez un petit logement et un travail, qu'au cours des premières semaines ou des premiers mois vous puissiez quelquefois lui rendre quelques visites et l'inviter, et que vous vous assuriez qu'elle est au courant de ce que peuvent offrir en l'occurrence les paroisses, l'université populaire, la formation pour adultes, etc. En outre, il n'est pas facile, au bout de dix-huit années, de remettre les pieds en ville, de faire des achats, d'aller dans des bureaux, de manger au restaurant. C'est plus facile si on est accompagné.

J'ai noté que vous ne rendiez pas visite à Mme Schmitz. Si vous l'aviez fait, je ne vous aurais pas écrit, j'aurais demandé à vous parler en l'une de ces occasions. Mais il faudra que vous voyiez Mme Schmitz avant sa libération. Ayez alors l'obligeance de passer me voir.

La lettre se terminait par des salutations cordiales que je ne pris pas pour moi, mais où je vis le signe que la directrice prenait vraiment l'affaire à cœur. J'avais déjà entendu parler d'elle ; son établissement avait la réputation d'être exceptionnel et son opinion avait du poids en matière d'exécution des peines. Sa lettre me plut.

Mais ce qui me plut moins, c'est ce qui m'attendait. Bien sûr, il fallait m'occuper de trouver travail et logement, et je le fis. Des amis avaient dans leur villa un petit appartement qu'ils ne louaient ni n'utilisaient, ils se dirent prêts à y loger Hanna pour un petit loyer. Le tailleur grec chez qui je faisais parfois retoucher mes vêtements fut d'accord pour employer Hanna : sa sœur, qui tenait la boutique avec lui, avait envie de repartir pour la Grèce. Et je m'occupai, bien avant qu'Hanna puisse en profiter, de ce qu'offraient en matière sociale et culturelle les organismes religieux et laïcs. Mais ma visite à Hanna, je la repoussais toujours.

C'est justement parce qu'elle m'était si librement proche et lointaine que je ne voulais pas lui rendre visite. J'avais le sentiment que, pour qu'elle reste ce qu'elle était pour moi, il fallait cet éloignement réel. J'avais peur que ce petit univers léger et préservé, fait de cassettes et de messages de quelques mots, soit trop artificiel et trop fragile pour supporter la proximité réelle. Comment nous rencontrer face à face sans que remonte tout ce qui s'était passé entre nous ?

Ainsi, l'année passa sans que je me sois rendu à la prison. La directrice me laissa longtemps sans nouvelles ; une lettre où je l'informais du travail et du logement qui attendaient Hanna resta sans réponse. Sans doute comptait-elle me parler à l'occasion de ma visite à Hanna. Elle ne pouvait pas savoir que cette visite, je ne la remettais pas seulement sans cesse, je m'y dérobais. Mais finalement la décision tomba : Hanna était graciée et allait être libérée. La directrice me téléphona et me demanda si je pouvais venir. Hanna sortait dans huit jours.

8

J'allai la voir le dimanche suivant. C'était ma
première visite dans une prison. Je fus contrôlé à
l'entrée, et sur mon chemin on ouvrit à clé plusieurs portes et on les referma de même. Mais le
bâtiment était neuf et clair, et une fois dans
l'enceinte intérieure, les portes étaient ouvertes et
les femmes se déplaçaient librement. À l'extrémité
du corridor, une porte donnait à l'air libre, sur
une pelouse pimpante, avec des arbres et des
bancs. Je cherchai du regard. La gardienne qui
m'avait accompagné m'indiqua d'un geste un
banc tout proche, à l'ombre d'un marronnier.

Hanna ? Cette femme sur le banc était Hanna ?
Cheveux gris, des rides verticales sur le front, les
joues et autour de la bouche, et un corps lourd.
Elle portait une robe bleu clair trop étroite qui faisait des plis sur la poitrine, sur le ventre et aux
cuisses. Ses mains étaient posées sur ses genoux et
tenaient un livre. Elle ne lisait pas. Par-dessus ses
lunettes de lecture en demi-lune, elle regardait

une femme qui lançait à quelques moineaux une miette de pain après l'autre. Puis elle sentit qu'on la regardait et elle tourna le visage vers moi.

Je vis un visage plein d'attente, je le vis s'éclairer de joie quand elle me reconnut, je vis ses yeux palper mes traits tandis que j'approchais, je les vis chercher, interroger, exprimer une incertitude et une blessure, puis je vis son visage s'éteindre. Quand j'arrivai à elle, elle eut un sourire gentil et las. « Tu as grandi, garçon. » Je m'assis à côté d'elle, et elle prit ma main.

J'avais tant aimé son odeur, jadis. Une odeur toujours fraîche : de linge frais ou de sueur fraîche, une odeur de femme fraîchement lavée ou fraîchement aimée. Elle mettait parfois un parfum, je ne sais pas lequel, et il sentait aussi plus frais que tout. Sous toutes ces odeurs fraîches, il y en avait encore une autre, lourde, sombre, entêtante. Souvent j'ai flairé sa peau comme un animal curieux, je commençais par le cou et les épaules qui sentaient la toilette toute fraîche, j'aspirais entre les seins un effluve de sueur fraîche, qui se mêlait aux aisselles avec l'autre odeur, je retrouvais presque pure cette odeur lourde et sombre à la taille et au ventre, et entre les jambes avec une coloration fruitée qui m'excitait, je reniflais aussi ses jambes et ses pieds, les cuisses où l'odeur lourde se perdait, le creux derrière les genoux où je retrouvais le léger effluve de sueur fraîche, et les pieds avec leur odeur de savon ou de cuir ou de fatigue. Le dos et les bras ne sentaient rien de particulier, ne sentaient rien mais sentaient elle tout de même, et dans le creux des mains était l'odeur de la journée et du travail : encre des tickets, métal de la poinçonneuse, oignons, poisson ou friture, eau de lessive ou vapeur du repassage. Quand on les lave, les mains ne trahissent d'abord rien de tout cela. Mais le savon n'a fait que recouvrir les odeurs et, au bout d'un moment, elles sont de nouveau là, atténuées et fondues en un unique parfum du jour et du travail, le parfum du terme du jour et du travail, le parfum du soir, du retour à la maison, du chez-soi.

J'étais assis à côté d'Hanna et je sentais une vieille femme. Je ne sais ce qui fait cette odeur, que je connais de mes grands-mères et de vieilles tantes, et qui flotte dans les chambres et les couloirs des maisons de retraite comme une malédiction. Hanna était trop jeune pour elle.

Je me rapprochai d'elle. J'avais noté que je l'avais déçue en arrivant, et je voulais maintenant me rattraper et réparer cela.

« Je suis heureux que tu sortes.

— Oui ?

— Oui, et je suis heureux que tu ne sois pas loin de moi. » Je lui parlai du logement et du travail que je lui avais trouvés, de ce qu'on offrait dans le quartier en matière sociale et culturelle, de la bibliothèque municipale. « Tu lis beaucoup ?

— Pas tant que ça. La lecture qu'on vous fait,

c'est mieux. » Elle me regarda. « Maintenant, c'est fini, n'est-ce pas ?

— Pourquoi ce serait fini ? » Mais je ne me voyais pas enregistrer des cassettes pour elle, ni la rencontrer pour lui faire la lecture. « J'ai été tellement heureux que tu apprennes à lire, et je t'ai tellement admirée ! Et comme tu m'as écrit de belles lettres ! » J'avais admiré et j'avais été heureux à la fois qu'elle lise et qu'elle m'écrive. Mais je sentais combien cette joie et cette admiration restaient en deçà de ce que lui avait coûté cet apprentissage, comme elles étaient restées misérables, pour ne m'avoir même pas décidé à lui répondre, à venir la voir, à lui parler. J'avais concédé à Hanna une petite niche — une niche qui véritablement comptait pour moi, m'apportait quelque chose et pour laquelle je faisais aussi quelque chose —, mais je ne lui avais pas fait de place dans ma vie.

Mais pourquoi aurais-je dû lui faire une place dans ma vie ? Je me révoltai contre la mauvaise conscience que j'éprouvais pour l'avoir cantonnée dans une niche. « Est-ce qu'avant le procès tu ne pensais vraiment jamais à ce qui est ressorti au procès ? je veux dire : tu n'y pensais jamais, quand nous étions ensemble, quand je te faisais la lecture ?

— Ça te préoccupe beaucoup ? » Mais elle n'attendit pas ma réponse. « J'ai toujours eu l'impression que, de toute façon, personne ne comprend, que personne ne sait qui je suis, ni ce qui m'a amenée à faire ceci ou cela. Et, tu sais, quand personne ne te comprend, personne non plus ne peut te demander des comptes. Même le tribunal ne pouvait pas me demander des comptes. Mais les morts peuvent, eux. Eux comprennent. Ils n'ont pas besoin pour cela d'avoir été présents ; mais quand ils l'ont été, ils comprennent particulièrement bien. Ici, dans la prison, ils ont beaucoup été avec moi. Ils venaient toutes les nuits, que je veuille d'eux ou pas. Avant le procès, je pouvais encore les chasser, quand ils voulaient venir. »

Elle attendit de voir si j'avais quelque chose à dire, mais je ne trouvai rien. Je faillis dire que, moi, je ne pouvais rien chasser. Mais ce n'était pas vrai : c'est aussi chasser quelqu'un que de le mettre dans une niche.

« Tu es marié ?

— Je l'ai été. Gertrude et moi avons divorcé il y a des années, et notre fille est en pension ; j'espère que pour ses dernières années de lycée elle n'y restera pas et qu'elle viendra vivre avec moi. » À mon tour, j'attendis qu'elle dise quelque chose ou pose une question. Mais elle ne dit rien. « Alors je viens te chercher la semaine prochaine, hein ?

— Oui.

— Discrètement, ou bien il peut y avoir quelques réjouissances ?

— Discrètement.

— Bon, je viens te chercher discrètement, sans musique ni champagne. » Je me levai, et elle aussi. Nous nous regardâmes. La sonnerie avait retenti deux fois et les autres femmes étaient déjà rentrées dans le bâtiment. De nouveau, ses yeux palpèrent mon visage. Je la serrai dans mes bras, mais je ne sentis pas le contact qui aurait convenu.

« Porte-toi bien, garçon.

— Toi aussi. »

Ainsi, nous nous dîmes au revoir avant même de devoir nous séparer dans le bâtiment.

9

La semaine suivante fut particulièrement bien remplie. Je ne me rappelle plus si j'étais déjà en retard pour rédiger la conférence que je devais faire, ou bien si ce fut délibérément qu'au nom du travail et de l'ambition je me mis en retard et sous pression.

L'idée avec laquelle je m'étais mis à cette conférence ne valait rien. Quand je voulus la vérifier, je tombai à chaque instant sur de l'arbitraire là où j'avais cru trouver un sens et une règle. Au lieu d'en prendre mon parti, je continuai à chercher, avec fébrilité, acharnement et angoisse, comme si, en capotant, mon idée de la réalité allait ruiner la réalité elle-même, et j'étais prêt à truquer les faits, à les monter en épingle ou à les escamoter. J'étais étrangement agité, je m'endormais bien si je me couchais tard, mais au bout de très peu d'heures, j'étais complètement réveillé, jusqu'au moment où je me décidais à me relever et à me remettre au travail.

Je m'acquittai également des préparatifs à la sortie d'Hanna. J'installai son logement, avec des meubles Ikea et quelques antiquités, j'annonçai Hanna au tailleur grec, et je fis un dernier point des informations d'ordre social et culturel. Je fis des provisions, je mis des livres sur les étagères et des tableaux aux murs. Je fis venir un jardinier pour qu'il nettoie le petit jardin entourant la terrasse du séjour. Tout cela aussi, je le fis avec fébrilité et acharnement ; cela faisait trop pour moi.

Mais c'était tout juste assez pour m'empêcher de penser à ma visite à la prison. À de rares moments seulement, en conduisant, ou à ma table de travail quand j'étais fatigué, ou au lit quand je ne dormais pas, ou quand j'étais dans le logement d'Hanna, la pensée m'en revenait et déclenchait les souvenirs. Je la revoyais sur le banc, les yeux tournés vers moi ; je la revoyais à la piscine, me regardant de loin ; et j'avais de nouveau le sentiment de l'avoir trahie et d'être coupable envers elle. Et puis je me révoltais contre ce sentiment, j'accusais Hanna, je trouvais facile et trop simple cette manière qu'elle avait d'esquiver sa culpabilité. Ne permettre qu'aux morts de demander des comptes, réduire la faute et l'expiation à de mauvaises nuits et à de mauvais rêves... Que faisait-elle des vivants ? Mais en fait je ne pensais pas aux vivants, je pensais à moi. Est-ce que je n'avais pas moi aussi à lui demander des comptes ? Que faisait-elle de moi ?

La veille du jour où je devais aller la chercher, j'appelai la prison dans l'après-midi. Je parlai d'abord à la directrice.

« Je suis un peu inquiète. Vous savez, normalement personne ne sort, au terme d'une peine aussi longue, sans avoir bénéficié d'abord de quelques heures ou de quelques journées de permission. Mme Schmitz n'en a pas voulu. Ce ne sera pas facile pour elle, demain. »

Ensuite, on me passa Hanna.

« Réfléchis à ce qu'on fera demain. Si tu veux aller directement chez toi, ou si on fait d'abord une promenade en forêt, ou le long du fleuve.

— Je vais y réfléchir. Tu as toujours bien aimé planifier, hein ? »

La remarque m'agaça. Tout comme mes amies m'agaçaient parfois, en disant que je n'étais pas assez spontané, que chez moi tout passait par la tête et pas par les tripes.

Elle se rendit compte à mon silence que j'étais vexé, et elle rit. « Ne le prends pas mal, garçon. Je n'ai pas dit ça méchamment. »

J'avais retrouvé sur le banc une Hanna qui était une vieille femme. Elle en avait l'air, elle en avait l'odeur. Je n'avais pas prêté attention à sa voix. Sa voix était restée tout à fait jeune.

Le lendemain, Hanna était morte. Au petit matin, elle s'était pendue.

Quand j'arrivai, on me conduisit chez la directrice. C'était la première fois que je la voyais : petite, mince, avec des cheveux châtains et des lunettes. Elle avait l'air quelconque, jusqu'à ce qu'elle se mette à parler, énergiquement, chaleureusement, avec un regard sévère et des gestes vifs. Elle me questionna sur le coup de téléphone de la veille et la rencontre de la semaine précédente. Avais-je soupçonné, avais-je craint quelque chose ? Je dis que non. Aussi bien, il n'y avait ni soupçon ni crainte que j'aurais réprimés.

« D'où vous connaissiez-vous ?

— Nous étions voisins. » Elle me jaugea du regard et je me rendis compte qu'il fallait en dire davantage. « Nous étions voisins, nous avons fait connaissance et nous sommes devenus amis. Plus tard, étant étudiant, j'ai assisté au procès où elle a été condamnée.

— Comment se fait-il que vous ayez envoyé des cassettes à Mme Schmitz ? »

Je ne répondis pas.

« Vous saviez qu'elle était analphabète, n'est-ce pas ? Comment le saviez-vous ? »

Je haussai les épaules. Je ne voyais pas en quoi notre histoire la regardait. J'avais des sanglots dans la poitrine et dans la gorge, et peur de ne plus pouvoir parler. Je ne voulais pas pleurer devant elle.

Elle a dû voir où j'en étais. « Venez, je vais vous montrer la cellule de Mme Schmitz. » Elle passa devant, mais en se retournant sans cesse pour me raconter ou m'expliquer des choses. Là, il y avait eu une attaque de terroristes ; là, c'était l'atelier de couture où avait travaillé Hanna ; là, Hanna avait fait une grève, assise par terre, pour obtenir qu'on revienne sur la réduction des crédits d'achats de livres ; là, c'était l'entrée de la bibliothèque. Elle s'arrêta devant la cellule. « Mme Schmitz n'a pas rassemblé ses affaires. Vous allez voir sa cellule telle qu'elle y a vécu. »

Lit, armoire, table et chaise ; au mur au-dessus de la table, des étagères, et, dans le coin derrière la porte, le lavabo et la cuvette des toilettes. En guise de fenêtre, des briques de verre. La table était débarrassée. Sur les étagères, des livres, un réveil, un ours en peluche, deux gobelets, du café en poudre, des boîtes de thé, le magnétophone à cassettes et, dans deux casiers en bas, les cassettes que j'avais enregistrées.

« Elles ne sont pas toutes là. » La directrice avait suivi mon regard. « Mme Schmitz prêtait toujours quelques cassettes au service d'aide aux détenus malvoyants. »

Je m'approchai des étagères. Primo Levi, Elie Wiesel, Tadeusz Borowski, Jean Améry... : les témoignages des victimes jouxtaient les souvenirs de Rudolf Höss, le livre de Hannah Arendt sur Eichmann à Jérusalem et des ouvrages historiques sur les camps de concentration.

« Est-ce qu'Hanna a lu cela ?

— Elle a en tout cas commandé ces livres avec soin. Il y a plusieurs années déjà, j'ai dû lui procurer une bibliographie générale sur les camps, et elle m'a demandé, il y a un an ou deux, de lui indiquer des livres sur les femmes dans les camps, déportées et gardiennes. J'ai écrit à l'Institut d'histoire contemporaine, qui m'a envoyé la bibliographie spécifique correspondante. Quand Mme Schmitz a eu appris à lire, elle s'est tout de suite mise à lire ce qui concernait les camps. »

Au-dessus du lit étaient épinglés quantité de petits morceaux de papier et de photos. Je m'agenouillai sur le lit et je lus. C'étaient des citations, des poésies, des dépêches brèves, ou encore des recettes de cuisine, qu'Hanna avait notées ou, comme les petites photos, découpées dans des journaux et des magazines. « Le printemps fait flotter à nouveau dans les airs... », « Fuyant à travers champs, des ombres de nuages... » : les poèmes exprimaient tous l'amour de la nature, et les photos montraient des bois printaniers, des prés émaillés de fleurs, du feuillage automnal et des arbres isolés, un pâturage près d'un ruisseau, un cerisier couvert de cerises bien rouges, un marronnier tout flamboyant de son feuillage d'automne jaune et orange. Sur une photo de journal, on voyait un homme plutôt âgé et un tout jeune homme, en costumes sombres tous les deux et se serrant la main, et je m'aperçus que le plus jeune, qui s'inclinait, n'était autre que moi. C'était au moment de mon baccalauréat, et lors de la remise des diplômes j'avais reçu un prix des mains du recteur. C'était bien après qu'Hanna eut quitté la ville. Elle qui ne lisait pas, s'était-elle abonnée au journal local où la photo avait paru ? En tout cas, elle avait dû se donner un certain mal pour découvrir la photo et pour se la procurer. Et pendant le procès, l'avait-elle ? Peut-être même sur elle ? Je sentis de nouveau des sanglots dans ma poitrine et ma gorge.

« Elle a appris à lire avec vous. Elle empruntait à la bibliothèque les livres que vous aviez enregistrés sur cassettes, et elle suivait mot à mot, phrase par phrase, ce qu'elle écoutait. Le magnétophone supportait mal les arrêts et les rembobinages incessants et tombait souvent en panne ; comme il fallait une autorisation pour l'envoyer en réparation, j'ai fini par comprendre ce que faisait Mme Schmitz. D'abord, elle ne voulut pas le dire, mais lorsqu'elle se mit aussi à écrire et qu'elle me demanda un manuel avec des modèles d'écriture, elle renonça à se cacher. Elle était d'ailleurs toute fière d'y être arrivée, et voulait faire partager sa joie. »

Tandis qu'elle parlait, j'étais resté à genoux devant les photos et les petits papiers, réprimant mes larmes. Lorsque je me retournai et m'assis sur le lit, elle dit : « Elle espérait tant que vous lui écririez. Elle ne recevait de courrier que de vous, et quand à la distribution elle demandait "Pas de lettre pour moi ?", par "lettre" elle n'entendait pas le petit colis contenant les cassettes. Pourquoi n'avez-vous jamais écrit ? »

Je restai muet. J'étais incapable de parler, je n'aurais pu que bredouiller et pleurer.

Elle s'approcha des étagères, y prit une boîte à thé, s'assit à côté de moi et tira une feuille pliée de la poche de son tailleur. « Elle m'a laissé une lettre, une sorte de testament. Je vais vous lire ce qui vous concerne. » Elle déplia la feuille et lut : « La boîte à thé violette contient encore de l'argent. Donnez-le à Michaël Berg ; qu'il le remette, avec les 7 000 marks qui sont sur mon livret de caisse d'épargne, à la fille qui a survécu avec sa mère à l'incendie de l'église : qu'elle décide quoi en faire. Et saluez Michaël Berg pour moi. »

Ainsi, à moi elle n'avait pas laissé de message. Avait-elle voulu me blesser ? Me punir ? Ou bien son âme était-elle si lasse qu'elle n'avait pu faire et écrire que le strict nécessaire ? « Comment était-elle, pendant toutes ces années ? » J'attendis de pouvoir continuer à parler. « Et comment était-elle ces derniers jours ?

— Pendant toutes ces années, elle a vécu ici comme dans un couvent. Comme si elle s'était volontairement retirée ici et délibérément soumise aux règles de la maison, comme si le travail relativement monotone était une sorte de méditation. Auprès des autres femmes, avec qui elle était aimable mais sur la réserve, elle jouissait d'une considération particulière. Plus encore, elle avait de l'autorité ; on lui demandait conseil quand il y avait des problèmes, et lorsqu'elle intervenait dans une dispute, on acceptait sa décision. Jusqu'au moment où, voilà quelques années, elle s'est laissé aller. Elle avait toujours veillé à son apparence, elle était robuste mais svelte, et d'une propreté extrême et soigneuse. Et elle se mit à beaucoup manger, à se laver peu, au point de devenir grosse et de sentir mauvais. Sans pourtant donner l'impression d'être malheureuse ou mécontente. C'était plutôt comme si la retraite au couvent n'avait plus suffi, comme si même la vie au couvent avait été encore trop frivole, comme si elle avait senti la nécessité de se retirer encore plus loin, dans une clôture solitaire où plus per-

sonne ne vous voit et où l'apparence, les vêtements et l'odeur n'ont plus d'importance. Non,
j'ai tort de dire qu'elle se laissait aller. Elle redéfi-
nissait sa position, d'une manière pour elle per-
tinente, mais qui n'impressionna plus les autres
femmes.

— Et ces derniers jours ?

— Elle était comme d'habitude.

— Je peux la voir ? »

La directrice fit oui de la tête, mais resta assise.
« Est-ce que le monde, après des années de soli-
tude, peut devenir à ce point insupportable ?
Est-ce qu'on préfère se tuer plutôt que de sortir
du cloître, de l'ermitage, et de retourner dans le
monde ? » Elle se tourna vers moi. « Mme Schmitz
n'a pas écrit pourquoi elle se tuait. Et vous ne dites
pas ce qu'il y avait entre vous, et qui a peut-être
conduit à son suicide, le matin où vous alliez venir
la chercher. » Elle replia la feuille, la remit dans
sa poche, se leva et tira sur sa jupe. « Sa mort me
fait mal, vous savez, et en ce moment je suis en colère, contre Mme Schmitz et contre vous. Mais
allons-y. »

Elle me précéda, cette fois sans un mot. Hanna
était à l'infirmerie, dans une toute petite chambre.
Nous passions tout juste entre le mur et la civière.
La directrice rabattit le drap.

Hanna avait un linge noué autour de la tête
pour maintenir le menton jusqu'à ce que le corps
ait sa rigidité de cadavre. Le visage n'était ni parti-

culièrement apaisé ni particulièrement doulou-
reux. Il était figé et sans vie. En le regardant longuement, je vis transparaître sous le visage mort le
visage vivant, et le visage de la jeunesse sous celui
de la vieillesse. C'est ce qui doit se passer chez les
vieux couples, me dis-je ; aux yeux de la femme, le
jeune homme reste présent dans le vieillard,
comme pour lui dans la vieille dame la beauté et la
grâce de la jeune femme. Pourquoi, une semaine
avant, n'avais-je pas vu cela transparaître ?

Je ne pleurai pas. Quand, au bout d'un
moment, la directrice m'interrogea du regard,
j'inclinai la tête, et elle rabattit le drap sur le visage
d'Hanna.

11

Je n'accomplis pas avant l'automne la mission que m'avait confiée Hanna. La fille vivait à New York, et je profitai d'un colloque à Boston pour lui apporter l'argent : un chèque d'un montant correspondant à ce qui était sur le livret d'épargne, et la boîte à thé contenant l'argent liquide. Je lui avais écrit en me présentant comme historien du droit et avais évoqué le procès, disant que je serais heureux de pouvoir la rencontrer. Elle m'avait invité à venir prendre le thé.

Je pris le train de Boston à New York. Les forêts étalaient des teintes somptueuses de brun, de jaune, d'orange, de marron tirant sur le roux, de roux tirant sur le brun, et le rouge flamboyant, lumineux, des érables. Je songeai aux images d'automne dans la cellule d'Hanna. Je m'assoupis dans le grondement des roues et le balancement du wagon, et je rêvai qu'Hanna et moi étions dans une maison de ces collines multicolores que traversait le train. Hanna était plus âgée que quand je l'avais rencontrée, et plus jeune que quand je l'avais retrouvée, plus âgée que moi, plus belle qu'autrefois, encore plus détendue dans ses mouvements et plus à l'aise dans son corps. Je la voyais descendre de voiture et emporter une brassée de sacs pleins de commissions, je la voyais traverser le jardin et entrer dans la maison, poser les sacs de commissions et monter l'escalier devant moi. Mon désir d'elle était si fort que j'en avais mal. Je me défendais contre lui en y opposant qu'il passait complètement à côté de la réalité, celle d'Hanna et la mienne, celle de notre âge, de notre cadre de vie. Comment Hanna pouvait-elle vivre en Amérique, elle qui ne parlait pas anglais ? Et elle ne savait pas non plus conduire.

Je me réveillai et je sus de nouveau qu'Hanna était morte. Je sus aussi que ce désir se fixait sur elle sans qu'elle en fût l'objet. C'était le désir de rentrer chez soi.

La fille vivait, à New York, dans une petite rue proche de Central Park. La rue était bordée des deux côtés de maisons anciennes en grès sombre, avec des perrons dans la même pierre menant au premier étage. Cela donnait un tableau austère, maison après maison, les façades presque identiques, perron après perron, avec des arbres plantés récemment, où il restait quelques feuilles jaunes au bout de maigres branches.

La fille me servit le thé devant de grandes

fenêtres qui donnaient sur les petits jardins inté-
rieurs du pâté de maisons, tantôt verts et colorés,
tantôt de simples amas de bric-à-brac. Lorsque
nous fûmes assis, que le thé fut versé, sucré,
remué, elle passa de l'anglais, dans lequel elle
m'avait accueilli, à l'allemand. « Qu'est-ce qui vous
amène ? » La question n'était ni aimable ni hos-
tile ; le ton était froidement objectif. Tout en elle
était dans ce même ton, l'attitude, les gestes, les
vêtements. Le visage était étrangement dépourvu
d'âge. Les visages qui ont subi un lifting ont cet
aspect. Mais peut-être le sien avait-il été figé par les
souffrances des jeunes années. Je tentai en vain de
me rappeler le visage qu'elle avait au moment du
procès.

Je lui parlai de la mort d'Hanna et de la mission
dont j'étais chargé.

« Pourquoi moi ?

— Sans doute parce que vous êtes la seule survi-
vante.

— Et que suis-je censée faire de cet argent ?

— Ce que vous voudrez, et qui vous semblera
avoir un sens.

— Et je donnerai du même coup l'absolution à
Mme Schmitz ? »

Je m'apprêtai à me récrier, mais de fait Hanna
demandait beaucoup. Elle entendait que ses
années de prison ne soient pas seulement une
expiation imposée, elle voulait elle-même leur

conférer un sens, et être reconnue à travers ce sens qu'elle leur donnait. Je dis cela.

Elle secoua la tête. Pour récuser mon interprétation ou pour refuser à Hanna cette reconnaissance, je ne sais.

« Vous ne pourriez pas lui accorder cette reconnaissance sans lui donner l'absolution ? »

Elle rit. « Vous l'aimez bien, n'est-ce pas ? Quels étaient vos rapports, en fait ? »

J'hésitai un moment. « J'étais son lecteur. J'ai commencé à lui faire la lecture lorsque j'avais quinze ans, et j'ai continué lorsqu'elle était en prison.

— Comment avez-vous... ?

— Je lui envoyais des cassettes. Mme Schmitz était analphabète, presque jusqu'à la fin de sa vie ; ce n'est qu'en prison qu'elle a appris à lire et à écrire.

— Pourquoi avez-vous fait tout cela ?

— Lorsque j'avais quinze ans, nous avons été liés.

— Vous voulez dire que vous avez couché ensemble ?

— Oui.

— Quelle brutalité chez cette femme. Vous avez surmonté ça, d'avoir à quinze ans... Non, vous dites vous-même que vous avez recommencé à lui faire la lecture lorsqu'elle était en prison. Vous avez été marié ? »

J'acquiesçai.

« Et ce mariage fut bref et malheureux, et vous ne vous êtes pas remarié, et l'enfant, s'il y en a un, est en pension.

— C'est le cas de milliers de couples, sans qu'il soit besoin d'une Mme Schmitz.

— Lorsque vous avez été en contact avec elle ces dernières années, avez-vous jamais eu le sentiment qu'elle savait ce qu'elle vous avait fait ? »

Je haussai les épaules. « Elle savait en tout cas ce qu'elle avait fait à d'autres, dans le camp et lors du convoi. Non seulement elle me l'a dit, mais elle s'en est occupée jour et nuit, pendant ses dernières années de prison. » Je lui racontai ce que m'avait dit la directrice du pénitencier.

Elle se leva et arpenta la pièce à grands pas. « De combien d'argent s'agit-il ? »

J'allai dans l'entrée, où j'avais laissé ma sacoche, et revins avec le chèque et la boîte à thé. « Voici. »

Elle regarda le chèque et le posa sur la table. Puis elle ouvrit la boîte, la vida, la referma et la garda à la main en la fixant des yeux. « Quand j'étais petite, j'avais une boîte à thé pour mettre mes trésors. Pas une comme ça, bien que celles-ci aient déjà existé à l'époque, une avec des caractères cyrilliques, et un couvercle qui la coiffait, au lieu de s'enfoncer dedans. Je l'ai gardée jusque dans le camp, là elle m'a été volée.

— Qu'est-ce qu'il y avait à l'intérieur ?

— Que sais-je ! Une mèche de poils de notre

238

caniche ; des billets d'entrée aux opéras où m'avait emmenée mon père ; une bague gagnée quelque part ou trouvée dans un emballage. On ne me l'a pas volée pour son contenu. Au camp, c'est la boîte elle-même et ce qu'on pouvait en faire qui était intéressant. » Elle posa la boîte sur le chèque. « Vous avez une suggestion, pour l'emploi de cet argent ? L'utiliser pour quoi que ce soit qui ait rapport avec l'holocauste, j'aurais l'impression que ce serait comme une absolution, et je ne peux ni ne veux la donner.

— Au profit des analphabètes qui veulent apprendre à lire et à écrire. Il existe sûrement des fondations d'intérêt public, des associations, des sociétés auxquelles on pourrait faire don de cet argent.

— Cela existe sûrement. » Elle réfléchissait.

« Est-ce qu'il y a des associations juives de ce genre ?

— Vous pouvez être sûr que, quand il existe des associations pour quelque chose, il y en a aussi qui sont juives. Encore que l'analphabétisme ne soit pas précisément un problème juif. »

Elle poussa vers moi le chèque et l'argent.

« Voici ce que nous allons faire. Vous vous renseignez sur les organismes juifs qui existent en la matière, ici ou en Allemagne, et vous virez l'argent à celui qui vous paraît le plus convaincant. Et vous pouvez fort bien, dit-elle en souriant, si la reconnaissance importe tant, virer cet argent au nom d'Hanna Schmitz. »

Elle saisit à nouveau la boîte à thé. « Je garde la boîte. »

12

Tout cela remonte maintenant à dix ans. Les premières années après la mort d'Hanna, les vieilles questions m'ont torturé. L'avais-je reniée et trahie ? Étais-je resté en dette auprès d'elle ? Avais-je été coupable en l'aimant ? Aurais-je dû, et comment, rompre avec elle, me détacher d'elle ? Parfois je me suis demandé si j'étais responsable de sa mort. Et quelquefois j'ai été en colère contre elle, et à propos de ce qu'elle m'avait fait. Jusqu'au moment où la colère s'est épuisée et où les questions sont devenues sans importance. Quoi que j'aie fait ou pas fait, quoi qu'elle m'ait fait — c'est désormais devenu ma vie, voilà tout.

Le projet d'écrire mon histoire et celle d'Hanna, je l'ai formé peu après sa mort. À partir de là, notre histoire s'est écrite dans ma tête bien des fois, avec à chaque fois de petites différences, de nouvelles images, de nouvelles bribes d'intrigue ou de réflexion. Que l'histoire que j'ai écrite soit la bonne, c'est le fait que je l'ai écrite qui le garantit, et que je n'ai pas écrit les autres. La version écrite voulait être écrite, les autres ne le voulaient pas.

D'abord, je voulus écrire notre histoire pour m'en débarrasser. Mais dans ce but, les souvenirs ne sont pas venus au rendez-vous. Ensuite, je me suis avisé que notre histoire était en train de m'échapper, et j'ai voulu la rattraper par l'écriture, mais cela non plus n'a pas appâté la mémoire. Depuis quelques années, je laisse notre histoire tranquille. J'ai fait la paix avec elle. Et elle est revenue, détail après détail, et avec une espèce de plénitude, de cohérence et d'orientation qui fait qu'elle ne me rend plus triste. Quelle triste histoire, ai-je longtemps pensé. Non que je pense aujourd'hui que ce soit une histoire heureuse. Mais je pense qu'elle est exacte, et qu'à côté de cela la question de savoir si elle est triste ou heureuse n'a aucune importance.

C'est ce que je pense en tout cas lorsque je songe à elle tout simplement, comme ça. Mais quand quelque chose me blesse, ces blessures d'autrefois remontent à la surface ; quand je me sens coupable, les anciens sentiments de culpabilité reviennent ; et dans le désir ou la nostalgie d'aujourd'hui, je ressens le désir ou la nostalgie de jadis. Les strates successives de notre vie sont si étroitement superposées que dans l'ultérieur nous trouvons toujours de l'antérieur, non pas aboli et réglé, mais présent et vivant. Je comprends ce phénomène, mais je le trouve parfois difficilement supportable. Peut-être que j'ai tout de même écrit notre histoire pour m'en débarrasser, même si je ne le peux pas.

Dès mon retour de New York, j'ai viré l'argent d'Hanna, sous son nom, à la Jewish League Against Illiteracy. J'ai reçu en retour une courte lettre sortie d'une imprimante d'ordinateur, par laquelle la Jewish League remerciait Mrs. Hanna Schmitz de son don. La lettre en poche, je me suis rendu au cimetière sur la tombe d'Hanna. Ce fut la première et la seule fois que j'allai sur sa tombe.

DU MÊME AUTEUR

Aux Éditions Gallimard

LE LISEUR, 1996 (Folio nº 3158)

UN HIVER À MANNHEIM, 2000 (Folio Policier nº 297)

AMOURS EN FUITE, 2002 (Folio nº 3745)

LE NŒUD GORDIEN, 2001 (Folio Policier nº 438)

LA CIRCONCISION, nouvelle extraite d'*Amours en fuite*, 2003 (Folio 2 € nº 3869)

L'AUTRE/DER ANDERE (Folio Bilingue nº 139)

LA FIN DE SELB, 2003 (Folio Policier nº 542)

VÉRIFICATIONS FAITES, 2007 (Arcades nº 88)

LE RETOUR, 2007 (Folio nº 4703)

LE WEEK-END, 2008

En collaboration avec Walter Popp

BROUILLARD SUR MANNHEIM, 1997 (Folio Policier nº 135)

COLLECTION FOLIO

Dernières parutions